JN045757

子どもに贈る昔ばなし 19

わらいのお茶

再話
山 口 昔 ば な し 大 学 再 話 コ ー ス
第2期福岡昔ばなし大学再話コース
第2期宮崎昔ばなし大学再話コース
かごしま昔ばなし大学再話コース
監修　小澤俊夫

小澤昔ばなし研究所

目次

かっぱじゃけえ

再話　山口昔ばなし大学再話コース

きょうんはなしゃ、こいばっかり

再話　第Ⅱ期福岡昔ばなし大学再話コース

ともうすかっちり

再話　第二期宮崎昔ばなし大学再話コース

ほひこんげぇな

再話　かごしま昔ばなし大学再話コース

装丁　小林将輝

かっぱじゃけえ

再話　山口昔ばなし大学再話コース

本文中に、ひらがな表記に音引きを使用している箇所があり
ますが、これは、土地言葉を文字にする際に、よりその音に
近い表記にするために使用しています

いっちょうぎり

むかし、あるところに夫婦（めおと）がおった。その夫婦（めおと）にゃあ、子がおらんやったから、ふたりは毎日（まいひ）に毎日（まいひ）にお地蔵（じぞう）さんに、

「どうか、元気でじょうぶな子をさずけてくださいませぇ」とおねがいしよった。

やがて、ふたりの思いが通じたのか、元気な男の子が生まれた。

むかしゃぁ子が生まれてもなかなかよう育たんかったから、ふたりはこの子が元気で長生きするようにといろいろ名前を考えたが、ええ名前が思いうかばん。そこで、近くのお寺さんに、名づけ親になってもらうことにした。ふたりは子を抱（だ）いてお寺に行き、

「どうか、この子が長生きするようなええ名前をつけてくださいませぇぃのんた」とおねがいした。

おしょうさんは三日三晩考えて、そのあくる朝、ふたりをよんだ。

「ええかの、この子の名前はこれに決まりじゃ」ちゅうておしょうさんは巻物を出して読みはじめた。

「いっちょうぎりの　ちょうつくばいの　ちょうじゅうろう　あのやまこえてこのやまこえて　おおにゅうどう　こぉにゅうどう　まっびらにゅうどう　ひらにゅうどう　そこで　かーつーかーつー　いんつくもんつく　どんどんつくの　どんごろう」

ふたりはよろこんで、ありがたくこの名前をもろーて帰った。

さて、この名前がえかったんやろ、男の子は元気にすくすくと育っていった。

朝、おかさんが、

「いっちょうぎりの　ちょうつくばいの　ちょうじゅうろう　あのやまこえてこのやまこえて　おおにゅうどう　こぉにゅうどう　まっびらにゅうどう　ひらにゅうどう　そこで　かーつーかーつー　いんつくもんつく　どんどんつ

くの　どんごろう、はよ起きさーよ」と起こした時にゃぁ、はぁ日が高う昇っちょったし、ごはんの時にも、

「いっちょうぎりの　ちょうつくばいの　ちょうじゅうろう　あのやまこえてこのやまこえて　おおにゅうどう　こぉにゅうどう　まっぴらにゅうどう　ひらにゅうどう　そこで　かーつーかーつー　いんつくもんつく　どんどんつくの　どんごろう、ごはんよ」

とよんできた時にゃぁ、はぁ、ごはんはすっかり冷えてしもーちょった。

　そんなわけで、このどよーしもなぇ長い名前はやれんことが多かった。

　ただ、ひとつだけええことがあった。それはこの子が何かわやくしたときに、おとさんがやいとすえちゃろーと思ぉて、

「いっちょうぎりの　ちょうつくばいの　ちょうじゅうろう　あのやまこえてこのやまこえて　おおにゅうどう　こぉにゅうどう　まっぴらにゅうどう　ひらにゅうどう　そこで　かーつーかーつー　いんつくもんつく　どんどんつ

くの　どんごろう、こっちぃ来ぃさい」とよんだ時にゃぁ、はあ、おとさんはなにをはらーたてとったんか、すっかりわすれてしもうちょった。そんなわけで、この子は、そねぇーおおくじをくられたことがなかった。

　ある日のこと、この子の友だちがさそいにやってきた。

「いっちょうぎりの　ちょうつくばいの　ちょうじゅうろう　あのやまこえてこのやまこえて　おおにゅうどう　こぉにゅうどう　まっぴらにゅうどう　ひらにゅうどう　そこで　かーつーかーつー　いんつくもんつく　どんどんつくの　どんごろう、遊ぼうやぁ」

　ふたりは、川に魚をつりに行くことにした。ふたりが魚をつりよったら、いきなりこの子が川につんぶりこしてしもうた。友だちはあわててたっけった。

「だれか、いっちょうぎりの　ちょうつくばいの　ちょうじゅうろう　あのやまこえてこのやまこえて　おおにゅうどう　こぉにゅうどう　まっぴらにゅうどう　ひらにゅうどう　そこで　かーつーかーつー　いんつくもんつくど

んどんつくの　どんごろうが川に落ちてしもぉた。　はよ助けて」

　友だちが助けをよんできた時にゃぁ、　男の子は、　はぁずっと川下（かわしも）のほうへ流されてしもうちょった。　それでも、えーやっと助けてもろうて、みながてんでに、

「いっちょうぎりの　ちょうぎりの　ちょうつくばいの　ちょうじゅうろう　あのやまこえてこのやまこえて　おおにゅうどう　こぉにゅうどう　まっぴらにゅうどう　ひらにゅうどう　そこで　かーつーかーつー　いんつくもんつく　どんどんつくの　どんごろう、　えかったの」　ちゅうた時にゃぁ、　はぁ、　着物はすっかりかわいてしもうちょったんて。

おおくじをくる…ひどく叱る
つんぶりこ…落ちる
たっけった…さけんだ
てんでに…口々に

竜王（りゅうおう）ばあさま

昔むかし、三隅（みすみ）の中村というところに、「とりあげばあさま」とよばれるお産婆（さんば）さんがいました。ばあさまがとりあげた赤ん坊（ぼう）は、みんなすくすくとじょうぶに育ったので、ばあさまは村人たちからとてもたよりにされていました。

ある夏の夜、おもての戸をあわただしくたたく者がいました。ばあさまは、（また急なお産だろう）と思って、

「はいはい、わかっちょるよ」と返事をしながら、いつもの道具を持っておもてに出ました。すると、村では見かけない男がふたり待っていました。

「こんなおそうにすまんが、ちょっと遠くじゃで駕籠（かご）に乗ってくだされ」

そういったかと思うと、男たちはすばやくばあさまを駕籠に乗せてかつぎ、とぶように走っていきました。ばあさまが不安（ふあん）になって駕籠から外をのぞいてみ

ると、暗い夜道を走る男たちの足元がなんだか明るく見えました。ずいぶん遠くまで来たようで、どこからか波の音が聞こえてきます。その音を聞いているうちに、ばあさまは気をうしなってしまいました。

気がついてみると、ばあさまは目もくらむような美しい御殿（ごてん）の中にいました。おくの部屋にあんないされると、そこにはりっぱな身なりの男がいて、

「ばあさま、夜中に遠いところごくろうであった。わしはこの竜宮城（りゅうぐうじょう）の主（あるじ）、竜王（りゅうおう）だ。実は乙姫（おとひめ）の赤ん坊がなかなか生まれず心配しておる。どうかみてやってくれないか」とたのみました。

ばあさまは、竜王の話を聞くとすぐに乙姫の産屋（うぶや）に行き、いつものようにお産を助けてやりました。やがて、玉のような男の子が生まれました。ばあさまは、乙姫が元気になるまで、そのまま竜宮城でふたりの世話をしてすごすことになりました。

日がたち、乙姫も元気になり、ばあさまがやっと安心して家に帰れる日がき

ました。竜王は、ばあさまの前に金、銀、珊瑚（さんご）などを山のようにつみあげさせると、

「なにもかもばあさまのおかげだ。これはお礼のしるしだ」といいました。ところが、ばあさまは宝（たから）の山を前にしても、少しもうれしそうではありません。

竜王はふしぎに思い、

「なにか他（ほか）にほしいものがあるなら、なんなりと申してみよ」といいました。

「はい、実はわたしの住む中村の田んぼは、どこも水のかかりが悪うて、日照（ひで）りがつづくとすぐ稲（いね）がかれてしまうもんで、村人たちはたいへんこまっちょります。どうか竜王さまのお力で、稲がかれんようにしてください」とたのみました。竜王は、ばあさまのよくのなさと村を思うやさしい心に打たれ、

「それはりっぱな心がけじゃ。もしこれから先、日照りで村の百姓（ひゃくしょう）がこまるようなことがあれば、雨をふらせよう」と、やくそくしました。そして、竜宮城のみやげを持たせて、ばあさまを家に帰しました。

いなくなったばあさまが急に帰ってきたので、村人たちはびっくりしましたが、ばあさまがみやげを見せながら竜王と交わしたやくそくの話をすると、みんなはたいそうよろこびました。

次の年も村では日照りがつづきました。村人たちは、ばあさまのいうとおり、おかの上に祭壇（さいだん）をつくって竜王を祭りました。そして村じゅう総出（そうで）で、豊年踊（ほうねんおど）りを踊りながら、雨乞（あまご）いをしました。すると、たちまち空がくもって、大雨がふってきました。かれていた川はごうごうと流れだし、みるみるうちに田んぼや畑に水がゆきわたりました。

それからというもの、中村では日照りのときも水の心配がなくなりました。村では、このとりあげばあさまのことをしたって、だれいうとなく「竜王ばあさま」とよぶようになりました。

このとき村人たちが踊った豊年踊りが、今も中村につたわる腰輪（こしわ）踊りになったといわれています。

大つごもり長者

昔むかし、ある山里に、たいそうなさけ深くて正直だが、びんぼうなじいさんとばあさんが仲むつまじくくらしておりました。

ある年の暮れのことです。もうじき正月がくるというのに、おもちを買うお金がありません。ふたりは、雪よけ笠をつくって、町へ売りに行くことにしました。そこで、じいさんとばあさんは、笠をいっしょうけんめいつくりましたが、手間がかかってなかなかできません。やっと十二の笠ができたとき、大つごもり〈おおみそか〉の朝になってしまいました。

じいさんは、そのできあがった笠を持って町へ売りにいきました。その日は朝から雪がふっていましたが、じいさんは、自分はやぶけた笠をかぶって、雪の山道をとぼりとぼりと町のほうへくだっていきました。すると、とちゅうの道ばたに、石の地蔵（じぞう）さまがひとり、頭から雪をかぶって寒そうに立っていました。じいさんは、これを見るとかわいそうになり、地蔵さまの頭やかたの雪をはらって、売り物の笠をひとつかぶせてあげました。それから少し行くと、また、地蔵さまが雪をかぶって寒そうに立っていました。じいさんは、この地蔵さまにも売り物の笠をひとつかぶせてあげました。

「あとにゃあ十（とう）ものこっちょるからまあええわあ。笠はへったが、おもちを買うほどありゃあええんじゃ」

　じいさんは、ひとりがてんして歩きはじめました。それから少し行くと、また、ひとりの地蔵さまが、雪をかぶって寒そうに立っていました。じいさんは、やっぱり雪をはらって笠をかぶせてあげました。

　こうして、とうとうじいさんは、十二の笠をみんな、とちゅうに立っていた地蔵さまにかぶせてしまいました。売る笠がみんななくなってしまったので、じいさんは、町へ行くのをやめて家に帰ることにしました。すると、その帰り道で、こんどは、ひとりのおばあさんにであいました。そのおばあさんは、雪がふるのに笠もかぶらず、よろよろと、今にもたおれそうにしていました。じいさんは、

「もしもしばあさんや、この雪の中をどうされたんじゃ」と、声をかけました。

するとそのおばあさんは、

「きのうからまだ何も食べとらんので、はらがへって、はらがへって」と答えました。じいさんはそれを聞いてとても気のどくに思い、あれこれ考えたあげく、

「そんなにはらがへっていてはさぞきつかろう。これでも食べなされ。少しは元気がつくじゃろう」といって、自分のあわめしのべんとうをわたしてやりました。そうして、自分がかぶっているやぶけた笠をおばあさんにかぶせてやりました。すると、おばあさんはふところから小さいふくろをとりだして、

「ありがたいことじゃあ。じゃが、わしにゃあ、なんもお礼するものがございません。せめてこのふくろなりとも受けとってくださいませ。これは、たから

ぶくろとゆうてふしぎなふくろじゃそうです。わしは、まだつこうたことはございませんが、どうか、もろうてくださいませ」

そういって、小さいふくろをむりやりじいさんのふところにおしこんで、手を合わせてお礼をいいました。

じいさんは、(なんだかおかしいのう)とは思いましたが、そのふくろをもらって家に帰りました。

家に帰りつくと、ばあさんが出てきて、

「じいさん、ごくろうでしたのう。おもちはどれくらい買えましたかいのう」

とききました。じいさんは、ばあさんに地蔵さまのことや、帰りにであったおばあさんのことを話してきかせました。そして、

「すまんことじゃった、もちを買えんことになってしもうて」と、ばあさんにあやまりました。すると、ばあさんはにこにこわらって、

「それはええことをしなさったのう。おもちはのうても、大つごもりに信心し

たり情け（なさ）をかけたりしなさったのじゃから、きっとええお正月がむかえられましょう」と、じいさんをなぐさめました。それからふたりは、菜（な）っ葉（ぱ）のしるを夕飯（ゆうはん）にすすって、ねることにしました。

その夜明けのこと、どこからか、

「よいやさぁ、よいやさぁ」というかけ声が、遠くから聞こえてきました。その声は、だんだん家のほうに近づいてくるようでした。そうして、にわかに家の前のほうがさわがしくなりました。

「ここじゃ、ここじゃ。なさけ深いじいさん夫婦の家は」という声がしたかと思うと、ドサッという音がしました。じいさんとばあさんが、なにごとだろうかと思って、雨戸をそおっと少しだけあけてみると、なんと、軒下（のきした）に、つきたてのおもちが山ほどおいてありました。そして、もっとたまげたことには、庭の向こうのほうがほかあっと明るくなっていて、笠をかぶった地蔵さまが十二人、雪の中を、しずかに帰っていくところでした。

じいさんとばあさんはこれを見て、

「ありがたや、ありがたや。昼間の地蔵さまが、わしらをかわいそうに思われて、おもちをめぐんでくだされたのじゃ」といって、ひざまづいておがみました。

その時、じいさんのふところから、ぽろっとなにかがおちました。それは、帰りにであったあのおばあさんがくれた、みょうなふくろでした。ふたりでふくろをあけてみると、たまげたことに、ぴかぴかひかる小判が一枚入っていました。じいさんもばあさんもあわててその小判をふくろの中にもどしました。

そして、ふたりで顔を見合わせました。

「じいさんや、これはあのおばあさんに返さにゃあいけん。けれども、この年になるまで、小判というものを持ったことははじめてじゃ。もういっぺんだけ、見おさめにおがませておくれ」

ばあさんがそういうので、じいさんは、いっぺんしめたふくろの口を、もう一度あけてみせました。そうしたら今度は小判が二枚になっています。じいさんもばあさんも、またまたたまげて、何やら気味が悪いのですぐに口をしめました。でも、どうしても気になるので、またあけてみると、小判はなんと四枚になっていました。あのおばあさんがいっていたように、それは、ほんとうにふしぎなたからぶくろでした。

さて、夜が明けて正月の朝になりました。じいさんとばあさんは、地蔵さまからもらったおもちで、ぞうにを食べていわいました。

それからふたりは、あけるたびにふえていった小判をいっぱい持って、あのおばあさんをさがしに行きました。けれども、どこをさがしてもおばあさんはいません。あくる日も、またあくる日も、三日も四日もさがしましたが、とうとうあのおばあさんにはであえませんでした。

そこで、じいさんとばあさんは、

「これも神さまがおさずけくだされたのじゃろう。ありがたいことじゃ、ありがたいことじゃ」といって、よろこびました。

こうして、ふたりは大金持ちになって、それからのちもしあわせにくらした
ということです。

さるの宝物

むかし、あるところに、お父さんと息子がいました。

ある日、息子が山に行くと、たくさんのさるが出てきて、

「おい、うちに飯をたきに来い」といいました。息子は、

「いやじゃ、いやじゃ」といいましたが、どうにもならず、さるにつれていかれました。

お父さんは息子の帰りがあんまりおそいので、鉄砲を肩にかつぎ、犬をつれてさがしにでかけました。

山の中をずんずん歩いていくと、遠くにちらちら火が見えました。そこに行ってみると息子がいたので、

「いなんか〈帰らんか〉」というと、息子は、

「おらはさるにつれてこられて、飯をたきよるからいなれん〈帰れない〉のじゃ」

といいました。

「さるはどこへ行った」と、お父さんがきくと、息子は、

「どこかへ出ていった」といいました。お父さんは、

「そんなら、おらがかたきをとってやる」といって、割木(わりき)のあいだにかくれ、犬はうすの中にかくれました。

しばらくすると、さるがたくさんもどってきて、

「おい、だれか人が来たな」といいました。息子は、

「いいや、だれも来やあせん」といいました。

「それでも人くさい」

「だれも来やあせん」

そこでさるはうらなってもらおうと、たぬきをよんできて、易(えき)をたててもらうことにしました。たぬきが神さまにお灯(あかり)をあげてむにゃむにゃおがんでいる

と、やがて易が出ました。

　鍋（なべ）ちんがんどん
　つきうすころべば
　命（いのち）あやうい

　これを聞くとさるたちは、

「やれやれ、おとろしいおとろしい」といって、みなにげていきました。ところが、いっぴきの年よりざるだけはにげないで、

「おい、湯を使うから湯をとれ」といいました。そこで息子は湯の入った鍋をつかむと、たらいにたたきつけました。それを合図に、お父さんは割木のかげからズドンと鉄砲（てっぽう）でうち、犬はうすの中からとびだして、さるをくわえて走っていきました。

　そうして、お父さんと息子は、さるのいないあいだに、宝物（たからもの）をみんな持って家に帰りました。

　申すばっかりさるのつべ〈おしり〉はきっかりきっかり

櫛ヶ浜(くしがはま)の雨乞(あまご)い

むかし、周防(すおう)の国の櫛ヶ浜(くしがはま)では、夏のあいだ何日も日照(ひで)りがつづくことがあった。

ある年のこと、田んぼにひびわれがでけはじめたので、村のもんはみんな集まって、雨乞(あまご)いの相談をしたそうな。

「もう二、三日も雨がふらなんだら、米が出来んようになって、かつえしぬ〈餓(う)え死にする〉もんがようけ出る。どうしたらええもんじゃろうかのう」

「そうじゃ。太華山(たいかざん)のさいの神さまにはらを立てさせたら、かあっとなって雨をふらしんさるそうじゃ」

「それじゃあ、さいの神さまには申しわけなあが、うんとはらを立ててもらうしかなあ」

そう決まると、村のもんは手に手に石を持って、太華山の中腹のさいの神さまのところへ登っていったげな。

「さいの神さま、うんとうんとはらを立てて雨をざんざんふらしてつかさんせえ」

そういうて、めいめいがさいの神さまにむかって石を放たって、急いでもどってきて、雨のふるのをじっと待ったんじゃ。じゃが、雨はふらんかった。

そこであくる日、

「仕方がなあ、今度はお不動さまをおこらせて、雨をふらしてもらおうやあ」

そう決まると、村のもんは海に行って竹の筒に潮水をくみ、それを持って、お不動さまが立っていなさる太華山のてっぺんに登っていったげな。

「お不動さま、こらえてつかあさい。雨がふらんと、年よりや子どもがかつえしんでしまうんじゃ。うんとおこって、雨をざんざんふらしてくれんさい」

そういうて、めいめいが竹筒の潮水をお不動さまの頭にぶっかけて、急いで山をかけおり、雨のふるのをじっと待ったんじゃ。じゃが、それでも雨はふらんかった。

そこであくる日、村のもんは太華山のふもとに集まり、酒を飲んで大さわぎをして、神さまをおこらせるようにしたそうな。すると、ようやく雨がふりだした。

それからは、こうやって神さまをおこらせると、三日のうちにはかならず雨がふりだしたそうな。

じゃが、雨がふるまで酒を飲んじょったもんにはなるかみが落ちて、へそをとられたもんもおったげな。

なるかみ…かみなりのこと

鬼の面

とんとんむかしあったとい。

由宇の山里に、ごっぽう親思いのむすめが、母さまとふたりで、まずしゅうくらしちょった。

ある日、むすめは町へ奉公に出ることになったんよ。じゃけど、母さまひとりのこして行くのは、なんやら気がかりじゃったけえ、荷物を入れた小さな行李の中に、母さまそっくりの女の面を入れて行ったほ。奉公先ではこれを母さまと思うて、毎朝、そうっと取りだしちゃあ、陰膳のようにごはんをそなえ、手を合わせよったそいね。

そのようすを下男が、そうっと見ちょったそ。そしてある日、行李をあけてから、女の面をおそろしい鬼の面と、こっそりすりかえてしもうたのいね。

あくる朝、むすめはいつものとおりに、ごはんをそなえようと、行李をあけたそいね。そしたら、女の面がおそろしい鬼の面にかわっちょったけえ、そりゃあたまげて、母さまに何かおおごとが起きたんじゃないかと思うたのいね。むすめは、いてもたってもおられんけえ、ひまをもろうて、うちへいぬる〈帰る〉ことにしたそ。

むすめは、はよう母さまに会おうと思うて、山ごえの近道を急いだんよ。じゃけど日がくれてしもうた。くろうなったら山道に山賊（さんぞく）がようけあらわれて、むすめをつかまえて、めしたきをさせたほ。

むすめは、こわさにふるえちょったけど、山賊たちにいわれたまんま、こえだを大釜（おおがま）の下にどんどんくべよった。かまどの火がひどうあついんで、むすめは鬼の面を取りだしてかぶったんよ。酒もりしちょった山賊のひとりがむすめを見てから、

「ありゃあ鬼じゃ、早うにげえ」と、大声をあげたけえ、山賊らはあわてて、

ぬすんだ金銀ざいほうを放りだして、すがたを消してしもうたそ。

むすめは、どねえしようかと思うたが、金銀ざいほうをかかえてうちへとんでいんだら、母さまはかわりのう元気じゃった。ふたりはだきおうて大よろこびしたんよ。それからつれだって代官(だいかん)さまに金銀ざいほうをとどけたそ。代官さまは話を聞いて、

「むすめよ、そちはまことに親思いで正直者じゃのう。そのたからは、神さまがごほうびとしてくだされたのにちがいない。ありがとうに取っておくがええぞ」と、申しわたされたそ。

それからっちゅうもんは、くらしはゆたかになり、むすめは村一番のむこどのをもろうて、みんなで幸せにくらしたんて。

これっきりべったりひらのふた

沖田のつる

こいべ〈今夜〉の話は、昔むかしの宇部村のことじゃげな。

福原の殿さまの家来に、岡又十郎ちゅうわかい侍がおったといの。その又十郎は大鳥方ちゅうお役目じゃった。大鳥方は毎日、鉄砲をかついで野やら山やら歩きまわって、鳥やけものをとらまえるお役目じゃった。

いつの年の秋のくれじゃろうかのう。

「きょうはどねぇしたことじゃろうか、鳥の一羽、うさぎのいっぴきもとれん」

又十郎は、ひどう気を落として家へ帰りよった。

ところが、沖田までもどると、はあ、夕もやのかかっちょる田んぼの中に何か白いものが動いちょる。ようすかして見ると、それは二羽のつるじゃった。一羽のほうはちょっと体が大けなつるじゃった。

「えぇ、えぇ、これでやっと仕事ができる」

又十郎は鉄砲をかまえてズドンと一発うった。ばったりと大けなつるがたおれた。こまいつるは空にまいあがった。

「やれ、やれ、これで殿もえっとよろこんでじゃろう」

かけって行ってつるを拾うてみると、こりゃあどねぇしたことか首がありゃあせん。

「こりゃこまった。首なしの鳥はえんぎが悪い。これじゃあ殿にさしあげられん」

又十郎は、そこいらへんを手さぐりでさがしまわった。じゃけど、どねぇしても首は見つからんじゃった。

一年ほどたったころじゃ。

ある日、又十郎はいつものように鉄砲をかついで野やら山やら歩きまわっておった。そねぇして沖田までもどってきたらの、ちょうど去年と同じような夕もやが田んぼの上にかかっちょる。又十郎がなにげのぉ田んぼのほうを見ると、あの時と同じようにつるがおる。こんどは一羽じゃった。

「ようし、足をねろうちゃろう」

又十郎は、鉄砲をかまえてズドンと一発うった。ばったりとつるがたおれた。又十郎はよろこんでつるを拾いあげた。すると、つるからぽろりと何かがほろけた。見ると一本のくだのようなものじゃ。手にとってよう見た又十郎は、「あっ」と、声をあげた。それはひからびたつるの首じゃった。せすじがつめとうに走り、手からつるの首はほろけた。

「ありゃぁ、あの二羽のつるは夫婦（めおと）じゃったそか」

又十郎は、今うったつるが、夫（おっと）の首を羽の下にずっとだいて、ひとりでくらしちょったのに気がついた。

そのあけての日、岡又十郎は殿さまにお役ごめんを申しでた。

そねぇして、まものお〈まもなく〉、山深い万倉（まぐら）の里で百姓（ひゃくしょう）をしちょる又十郎のすがたを見たものがおったそうな。

福原の殿さま…毛利家の三家老のひとり、福原越後のこと

鏡処（かがみどころ）

むかし、ある山おくに、太郎作（たろさく）と女房（にょうぼう）が住んでいました。

ある日のこと、太郎作は、生まれてはじめて都見物の旅に出ました。

都に着いた太郎作は「かがみどころ」と書いてある看板（かんばん）を見て「かかみどころ」と思いました。

（ととさん、かかさんが、死んでからもう久しいが、ここでかかさんに会えるとは）と、よろこんでその店に入りました。そして、店の鏡（かがみ）にうつった自分の顔を見て、ととさんだと思ってしまいました。

「やあ、ととさん、おなつかしや、太郎作でございます。わしゃあ、かかさんに会えると思っていましたが、ととさんに会えるとは、仏様（ほとけさま）のお引き合わせ。ありがたや、ありがたや。ところで、ととさん、かかさんはどこにおられます

か」と、太郎作はととさんに話しかけました。けれども、ととさんは返事をしません。それでも太郎作は鏡に向かって、

「なあこれ、ととさん、ととさん」と、何度も話しかけました。

（ああ、なさけなや、お口は動いているのに、お声がちっとも聞こえない。これがこの世と冥土（めいど）とのさかいだろうか）となげきました。それでも太郎作は、（ととさんにだけでも会えるなら）と思って、言われるままに大金をはらい、その鏡を買うと、都見物はやめにして、国へ帰りました。

太郎作は家に帰ると、ととさんとかかさんが生きているとき、女房とはなかがよくなかったことを思い出しました。それで、今はその鏡を見せないほうがいいと思って、長持（ながもち）の中にだいじにしまいました。そして毎朝毎晩（ばん）、長持の前に行ってはふたをあけ、ととさんに話しかけるのを何よりの楽しみにしていました。

そのうち、女房は、太郎作が毎朝毎晩、長持の前に行って何をしているのか、

気になってきました。

ある日、太郎作は用があって、近くの尼寺（あまでら）に出かけました。そのあいだに、女房は長持のふたをあけてみました。中をのぞくと、そこには女子（おなご）がいました。女房が、

「こんなところに女子（おなご）をかくして、なんということじゃ」といっておこると、長持の中の女子（おなご）も同じようにおこるので、女房はますますはらを立てました。そして、太郎作のいる尼寺へかけこむと、

「あんた、まあ何ということをするんじゃ。わしにないしょで女子（おなご）を家にかくして、知らん顔をしてるとは」といって、泣（な）きわめきました。太郎作は女房のいうことがさっぱりわからず、

「いいや、わしは知らん、わしがそんなことをするはずがなかろう」といいましたが、気が立っている女房はしょうちしません。

とうとう、見るに見かねて尼さんがふたりのなかに入り、わけを聞くと、女

房は泣く泣く今までのことを話しました。太郎作がそれを聞いて、

「長持の中にいるのは、ととさんだろうが」というと、女房が、

「いいや女子じゃ」といって、言い合いになりました。

そこで尼さんが、

「では、とにかくわたしが行って見てきましょう。万事この尼におまかせください」といって、急いで太郎作の家に行き、長持のふたをあけました。中をのぞいて、尼さんはたまげてしまいました。

それでも一生けんめい気持ちをしずめながら、尼寺へ帰りました。そして、太郎作夫婦に向かい、

「やっぱり女子は女子にまちがいありませんが、お前さんたちのけんかを見かねてか、もう髪をおろして尼になり、改心しているようだから、これでもう、ふたりともなかをもどしなされ」と、さとされました。

むかし、鏡のないところには、こんな話もあったそうな。

果報者(かほうもの)と阿呆者(あほうもの)

むかし、長門(ながと)の国のある里に、びんぼうな夫婦(ふうふ)が住んでいました。

ふたりは、わずかばかりの山田をつくるほかは、いつも山で薪(たきぎ)をとり、それを町へ売りにいっては、やっとくらしをたてていました。

ある日、おやじが女房(にょうぼう)に、

「のう、おかあや、わしらは毎日まいにちあくせくはたらいとるのに、ちいともくらしがようならん。わしはもうはたらくのがつくづくいやになってしもうた」といいました。

すると女房も、

「まこと、いつまでたってもくらしが楽にならんのう。そりゃそうと、このあいだ、大寧寺(たいねいじ)の和尚(おしょう)さんが説教(せっきょう)で、果報(かほう)は寝(ね)て待てというておられた。あんた仕事をせいで、寝ていて果報を待っとったらええじゃないか」といいました。

そこでおやじは、

「ようし、そうしよう、そうしよう。あしたからはなんにもせいで、寝てくらそうかい」といって、あくる日からは寝てばかりいました。

こうして二年がすぎ、三年がたちました。けれども、果報はいっこうにやってきませんでした。女房は自分からいいだしたことなので、おやじに起きてはたらいてくれとはいえずにいました。それでも女房はがまんできなくなり、とうとう大寧寺の和尚さんのところへ、どなりこんでいきました。

「和尚さん、和尚さん、あんたが果報は寝て待てというたので、うちの人は三年も寝て待っとるが、果報がくるどころか、もう食べる米さえのうなりました。こりゃあいったいどうしてくれますのじゃ」

和尚さんはそれを聞いてすっかりあきれ、これにはまいってしまいました。けれども和尚さんは、にこにこしながら、

「それはえろう気のどくじゃのう。まあまあ、あんたら夫婦に果報がくるよう、わしからも仏様（ほとけさま）によう頼（たの）むことにしようかの」といって、女房を帰らせました。

それから何日かすぎた美しい満月（まんげつ）の夜、寝ていたおやじが、

「おかあ、おおごとじゃ。早うここへ来てみい。天井窓（てんじょうまど）からお月さんをのぞいてみい。お月さんの中で、うさぎが餅（もち）をついとる」とさけびました。

女房もとびおきて、いわれたとおりそばに行き、天井窓から月をのぞいてみると、はっきりとうさぎのすがたが見えました。

この話はたちまち里じゅうにひろまり、月夜のばんには、みんなが夫婦の家にやってきて、天井窓から月をのぞくようになりました。

そのうち、

「あの家の天井窓からお月さんをのぞいて、うさぎの餅つきをおがんだ者は、果報者になる」と、うわさになり、だんだんと遠くからも人びとがやってくるようになりました。

そして、うさぎの餅つきを見た人は、

「こんなめでたいうさぎの餅つきをおがましてもろうたのじゃから、ごりやくにあずからしてもらわにゃ」と、お礼のお金やおそなえ物をおいていくようになりました。ことに満月の夜は、お詣(まい)りの行列がどこまでもつづきました。


こうして、びんぼうな夫婦は大金持ちになりました。

「ほんに、これが果報というもんじゃ。まこと、和尚さんのいうたとおりじゃ」

と、ふたりはすっかり有頂天(うちょうてん)になり、やぶれ家(や)をとりこわして、大きなりっぱな家をたてました。そして、新しい家には、もっともうかるようにと、天井窓を十も二十もつくりました。


けれども、どうしたことか、新しい家の天井窓からは、うさぎの餅つきは見えませんでした。せっかくお詣りにきた人びとも、みんながっかりして帰っていきました。そしてそのうわさは、だんだんと広まっていきました。そのうえ、雨がふると、かたくしめたはずの天井窓から雨がもり、大きなりっぱな家もとうとうくさってしまいました。

夫婦はどうすることもできなくなり、こまりはてて大寧寺に行き、和尚さんに、いままでのことを話しました。すると、和尚さんはあいかわらずにこにこしながら、

「人間、欲（よく）を起こすと、果報者も阿呆者（あほうもの）になるということじゃのう」といいましたとさ。

赤郷の長兵衛どん

昔むかし、長門の国は美祢のおくの赤郷に、長兵衛どんという男がいた。この赤郷というところは、むかしからごぼうのたいそうよくとれるところだった。

ある日のこと、長兵衛どんは畑にごぼうぬきに出かけた。ところが、そのうちのひとつがそれはそれは大きくて、ちょっとやそっとじゃぬけなかった。そこで、村の人を二、三人よんできて引っぱったが、まだぬけそうにもない。

とうとう村中の人が、手に手にまんりきというものを持ちよって、それをごぼうに引っかけて、「よいしょ、よいしょ」と、やっとのことで引きぬいた。

ごぼうをぬいた大きなあなを、長兵衛どんが感心してのぞきこんでいると、どういうひょうしにか、すとんとあなの中に落ちこんでしまった。

ところで、そこからずっと下のほうの船木の町に、一軒のお医者さんがあった。

ある朝、その家の女中さんが、井戸から水をくもうと思ってひょいとのぞいたら、井戸のそこから、

「助けてくれ、助けてくれ」という声がした。女中さんはびっくりぎょうてん、大あわてでお医者さんのところにとんでいって、

「だんなさま、だんなさま、井戸の中からだれかが助けてくれといっています」

といった。するとお医者さんは、

「それは大事だ。医は仁術というから、何としてでも早く助けてやらなければ。早く障子を一枚持ってきなさい」といった。そして、その障子に、できものによく効く吸いとり膏薬をべったりぬって、井戸の上にぱっとふせた。

すると、長兵衛どんが頭から膏薬に吸いよせられて、ぶあっと上がってきた。そのあとから、ものすごい大風がゴーッと井戸からふきあげてきて、長兵衛どんは障子に頭を吸いつけられたまま、ぐんぐん天のほうへのぼっていった。

それがなんと、長門から周防をこえて、安芸、備後、備中、備前、播磨、

摂津ととんで、とうとう難波は大阪の天王寺の五重塔のてっぺんまでふきとばされてしまった。

さて、朝になって、天王寺の小僧さんが庭を掃いていると、五重塔のてっぺんに人がいて、

「助けてくれ、助けてくれ」とさけんでいた。小僧さんはびっくりころげて、

「和尚さま、和尚さま、だれかが塔の上で助けてくれといっています」といった。

和尚さんは、

「それはたいへんだ。仏の教えにもあるように、人の命は大事だ。早く助けてあげなければ。うん、そうじゃ、そうじゃ。お前たちふとんを持っておいで。

それから四人で、ふとんの隅を持っておくんじゃ」と、小僧さんたちにいった。

そして、塔の上に向かって、

「早くふとんの上にとびおりろ」とさけんだ。

そこで、長兵衛どんはふとんの上へドシンととびおりた。そのはずみで、四

人の小僧さんたちが、ゴツーンとおでこをぶつけあった。とたんに火花がぱっととびちった。運の悪いことには、その火花が五重塔のそでにとびついて、めらめら燃(も)えだしてしまった。

なんでもそれからどんどん四方(しほう)へ燃えひろがり、とうとう大阪の町もやけてしまったということだ。

おおわらいじゃね

きつねの恩返し

むかし、周防の国の櫛ヶ浜に、万四郎という男がおった。万四郎は、百姓をしたり漁師をしたりして、くらしちょったそうな。

ある日のこと、万四郎はとってきた魚を大八車につんで、須々万に売りにでかけた。須々万に行くには、栄谷から杉ヶ垰までの急な坂道を通らんにゃあいけん。万四郎は大八車を引いて、その坂道をのぼりよった。

すると、道ばたにいっぴきのきつねがうずくまっちょった。万四郎がきつねに近づいてみると、きつねは足にひどいけがをしちょった。

「こりゃあ、いたいじゃろう。ちいっとがまんしちょれよ」

万四郎はそういうと、傷にきく薬草をとってきて傷口につけてやり、手当をしちゃった。

「これで安心じゃ。早う山にもどれよ」

万四郎がそういうと、きつねは何べんもうしろを振りかえり、しげみにすがたを消した。

それから何日かたって、万四郎はまた大八車を引いて須々万に魚を売りにでかけた。

栄谷から杉ヶ垰までの急な坂道になっても、ふしぎなことに、大八車は平地を引いちょるように軽かった。

（きょうはどうしたんじゃろうのう）

万四郎が峠の近くでうしろを振りむくと、なんとまあ、きつねがごんごんと車のうしろをおしよった。

「ありゃっ、お前はこないだのきつねじゃないか。もう傷はなおったんじゃのう、おしてくれてありがとうよ」

万四郎はうれしくて、きつねに魚をいっぴき放ってやった。

それから、こういうことが何回かつづいて、田植えのころになった。

いよいよあしたは田植えという日、万四郎は早苗を田んぼに運び、すっかり準備を終えてから、ねどこに入った。

明け方になって、万四郎はなんやら歌声で目をさました。

万四郎の　田んぼにゃ
穂が出んでも　実はみのる

万四郎は何のことじゃろうと表に飛びでてみてたまげた。いつの間にか、万四郎の田んぼはすっかり田植えがすんじょった。

(なんぼなんでも、こりゃあゆめじゃ)

万四郎があたりを見回すと、きつねがかけていくのが見えた。

「あのきつねが植えてくれたんかのう」

万四郎はそういうて、きれいに植えられた田んぼを見ちょった。

夏が終わり、どこの田んぼも稲の穂が出てきた。ところが、万四郎の田んぼの稲は、株は大きいのにさっぱり穂は出てこなんだ。万四郎は毎日田んぼを見ては、ため息をついちょった。

やがてまわりの田んぼはだんだんと実り、稲穂が黄金色になった。それでも万四郎の田んぼの稲は穂が出てこなんだ。

そのうち、どの家でも稲刈りが始まり、年貢の石高が決まったけど、万四郎の田んぼは穂が出んかったので、年貢はかからんかった。

(とうとう穂が出なんだのう。そんでも稲刈りだけはせんといけんじゃろうのう)

万四郎は、仕方のう稲刈りをすることにした。ところがどうしたことじゃろう。稲を一株刈りとってたまげた。なんと、穂が出ちょらんのに、内側にずっしりと実がみのって、はちきれそうになっちょった。

「そうじゃ、あの時の歌じゃ。『万四郎の田んぼにゃ、穂が出んでも実はみのる』あれじゃ、あれじゃ」

万四郎はもううれしゅうて、休みもせんで一気に刈ってしもうた。そして、稲をこいでみると、なんと、一反歩（いったんぶ）に十俵（じゅっぴょう）もの米がとれた。

その年の年貢はのがれたし、米もようけとれたし、万四郎はええ正月をむかえることがでけたそうな。

古原田池（ふらんだいけ）のかっぱ

昔むかし、こねえな話があったんて。

古殿（ふるどの）のあげのほうに、横尾山（よこおやま）っちゅうところがあってからいね、そこは、人里はなれちょって一軒（いっけん）の家もないところじゃったんよ。ここにゃあ、古原田池（ふらんだいけ）っちゅうて、そねえ深うはないけど、ぶちでかい池があってからいね、ふなやらこいやら、ようけ魚が泳いじょって、たまあに里の人らあが魚つりに来よったんよ。

この池にゃあかっぱが住んじょってからいね、泳いだり丘（おか）のこかげでひるねしたりしよったんよ。じゃけど、かっぱはひとりぼっちじゃったけえ、さびしゅうてさびしゅうてたまらんかったんよ。

盆（ぼん）すぎたある日のことじゃけどいね、かっぱは、池にとびこんじゃあ泳ぎ、とびこんじゃあ泳ぎしよってから、土手に上がって休んじょったんよ。そうしよったら、むこうの池のはしで、ふたりの女の子がまっぱだかで泳ぎよるのが見えたんよ。かっぱはひとりで泳いじょってもつまらんけえ、そろうっとそばへよってから、

「おい、おまえら、かっぱか。じゃけど、それにしちゃあ、泳ぐんが下手(へた)じゃのう」

ていうたんよ。

「ひゃあっ、こわー。あんたあ、だれなん」て、ふたりがいうたら、

「わしゃあの、この池のかっぱちゅうもんじゃ。わりいことはせん。ひとりじゃあつまらんけえ、いっしょに遊ぼうやあ」ていうたんよ。ふたりは、はじめはこわがっちょったけど、だんだんなれてからいね、

「ほんなら、いっしょに遊ぼうかあ」ちゅうて、かっぱとなかよう、その日一日遊んだんよ。そいで日がだいぶ落ちてきたけえ、

「さいなら、かっぱさん、また泳ぐの教えてえね」

「さいなら、また来いのう」ちゅうて、わかれたんよ。

それから二、三日してからいね、ふたりの女の子はまた泳ぎとうなって、古原田池へ行ったんよ。じゃけど、あのかっぱはおらんじゃったんよね。

ふたりは、かっぱがどっかにかくれちょらんかと思うて池に入ってさがしてみたんよね。そうしよったら、まんなかの深みにはまってしもうたんよ。だれも助けにくるもんがおらんじゃったけえ、ふたりはおぼれて死んでしもうたんよね。

それからっちゅうもん、地下（じげ）の者（もん）は、

「ありゃあ、盆すぎて泳いだけえ、かっぱが足を引っぱったんじゃ。じゃけえ、これからは盆すぎたら泳いじゃあいけん」ちゅうて、子どもらあにいいきかせるようになったんて。

古原田池のかっぱは、なあんも悪いことしちょらんのに、えらいめいわくなことといね。

あんまりみんなが悪口をいうけえ、はあ、かっぱはいやになってしもうて、
遠いところへ引っこししてしもうたんて。
おしまい

かっぱとひょうたん

昔むかし、ある山里に、まずしいおじいさんと娘が住んでいました。おじいさんのわずかばかりの田んぼは、家からずっとはなれた山の上にありました。毎日まいにち、おじいさんはその田んぼではたらきました。

ところが、苗を植えて数日たったある日のこと、おじいさんが田んぼにいってみると、田んぼには一滴の水もなくなっていました。おじいさんはすぐに家に帰り、娘とふたりでたごをかついで田んぼに水を運びました。山の下の堤から水を運ぶのはたいへんな仕事でした。毎日まいにちつづけましたが、ふたりではとうてい水は足りません。

ある日、おじいさんは、かれかかった苗を見ながら、ぼんやり田んぼの畦に腰をおろしていました。そこへいっぴきのかっぱがあらわれました。

「おじいさんや、いったい何をそんなにしずんじょるんかいの」

「この田を見んさいや、こんとうにかれてしもうての、はよう水をいれんにゃあ、みんな苗はかれてしもうわい。だれかこの田に水を引いちゃくれんもんじゃろか、お礼にゃ何でもやるんじゃがなあ」

これを聞くとかっぱはよろこんでいいました。

「おじいさん、そりゃまことかの、わしがこの田に水を引いちゃるで、礼にゃおまえさんの娘を嫁さんにくれるかの」

おじいさんは、まさかこんな小さなかっぱが水を引けるとは思いもしなかったので、「ふん、ふん」と、つい約束をしてしまいました。

あくる日、おじいさんが田んぼにいってみると、水がいっぱいはいっていました。おじいさんはよろこんで家に帰ると娘にいいました。

「こりい、よろこべや、どうしたことか、田に水がいっぱいはいっちょるぞ」

娘はまさかと思いましたが、おじいさんがあまりに熱心にいうので、田んぼにいってみました。そして娘もびっくりしました。

「どうじゃ、まことじゃろうが。こりゃきっと神さまが、わしらのために水をお引きくださったんじゃ」

そのとき、ふたりの前に、かっぱがあらわれていいました。

「おじいさん、おまえさんはわしのいうたことわすれてはいまいな。水はこのわしが引いたんじゃぜ」

「なして、おまえなぞの力ででけるもんかいや。こりゃあ、神さまがお引きくださったんじゃ」

これを聞いて、かっぱは腹をたてていいました。

「よおし、おまえが本当にしなけりゃ、もういっぺん水をないようにしちゃる」

けれども、おじいさんはかっぱのいうことなぞしんじないで、娘と家へ帰ってしまいました。

次の日、またおじいさんは田んぼに行きました。すると田んぼには水が一滴もなく、前のようにかれていました。おじいさんがびっくりして見ていると、かっぱがまたあらわれていいました。

「どうじゃ、これでもまだ、おまえはこのわしをしんじやせんかい」

「しんじる、しんじる。じゃから、どうぞもういっぺん水を田に入れておくれ」

と、おじいさんはかっぱにたのみました。

「よし、引いちゃる。そのかわり約束はわすれんようにな」と、かっぱはいいました。

それからかっぱは山の下の堤へ行き、その淵へとびこんでたちまち消えてしまいました。やがて堤全体の水がぐるぐるうずをまいて、みるみるうちにへっていきました。水はもうわずかに淵のところだけになりました。そのとたん、山の上の田んぼでは、いきおいよく水がふきだして、あっという間に水でいっぱいになりました。おじいさんはたいそうよろこびました。そして、かっぱが得意になってもどってくると、おじいさんはとうとう娘をかっぱにやる約束をしてしまいました。

　この話を聞いて、娘は決心しました。おじいさんはよろこんでいいのか悲しんでいいのかわかりませんでしたが、とにかく娘の嫁入りしたくをあれこれと考えました。

「のう娘や、何かひとつぐらい、うちにあるものを持っちゃあいかんかの」と、おじいさんがいいました。そこで娘は、ひょうたんを三つ持っていくことにしました。

　あくる日の朝早く、娘が堤のところへでかけていくと、かっぱがあらわれました。そして娘の手をひっぱって、水の中へ入っていこうとしました。そのとき娘がいいました。

「ちょっと待っておくれ。さきにわたしの嫁入り道具を運んでおくれ、重うてせんないから」

そしてかっぱのせなかにひょうたんをくくりつけました。しかし、ひょうたん

はあまりにも軽いので、かっぱは、

「なんじゃ、えろう軽いじゃないか。こんなもんすぐ運んじゃるから、そこで待っちょれや」といって水の中へとびこみました。ところが、かっぱは水のそこへしずんでいくことができません。なんどもなんどもくりかえしましたが、どうしてもできません。とうとうかっぱは水の上にぽっかり顔を出してしまいました。それを見て娘はいいました。

「そんとうのもんが、なして運べんのかいね、はよう運んでつかされや」

かっぱは、

「なあに、このくらい」といってまたもぐってみたものの、やはりどうしても水のそこへたどりつけません。とうとう力つきていいました。

「これ、娘さんや、わしが悪かった。はよう、このせなかのばけもんをのけちょくれ、のけちょくれ」

それでも娘はかっぱを見おろしていいました。すると、またかっぱがいいました。

「お前さんのねがいはなんでも聞いちゃるから、はようこのばけもんをのけちょくれ」

「それじゃ、田の水の守(も)りをしてくれんかい」

「うん、するともするとも、じゃからはようこのばけもんをのけちょくれ」

　そこで、とうとう娘はせなかのひょうたんをとってやりました。するとかっぱは、

「はあ、そのばけもんはおそろしい。そねえなもんを持っちょるんじゃ、水の底(そこ)のわしのうちへはゆけん。もうお前さんもごめんじゃ」といって、淵へとびこんで消えていきました。

　それからというものは、田んぼにはいつもいっぱいに水がたまり、おじいさんと娘のくろうはなくなりました。そこでふたりはお礼に、夏がくるとかっぱのすきなきゅうりを淵に流してやることにしたそうです。

猿と地蔵とおばあさん

とんとむかしあったいいますらい。

あるところに、ひとりのおばあさんがいました。おばあさんは、いつもいつもお地蔵さんの前を通って、となり村へものを売りに行っていました。そうして帰りがけにはお地蔵さんにおだんごをおそなえして、いっしょに食べていました。

ある日のこと、おばあさんは、

「おかげできょうもよう売れました。どうぞお地蔵さんも食べてください」といって、おだんごをおそなえしました。おばあさんも食べようとして、手のひらにひとつおだんごをのせました。そこへガヤガヤと猿たちがやってきました。

おばあさんは、

（これは、うっかり動かれんぞ、猿がたまげる。猿が帰ってしまうまでじっとがまんしていよう）と思いました。そこで、おだんごを手にのせたままじっとしていました。猿たちは、お地蔵さんのおだんごをみつけると、

「あっ、きょうもおだんごがある。さあ食べよう食べよう」といって、お地蔵さんのおだんごをすっかり食べてしまいました。

するとと、いっぴきの猿が、

「ここにも、もうひとりお地蔵さんがおる」といって、おばあさんのおだんごも取って食べてしまいました。おばあさんがじっとしていると、猿たちはみんなで話をはじめました。

「このお地蔵さんは地べたにすわっとる。これはかわいそうだ」

「そうだ、このお地蔵さんを、むこうのおかの上につれていってあげよう」

「そりゃあいい」

そういって、猿たちはみんなでおばあさんをかついでいきました。

やがて川にでました。そこで猿たちは声を合わせてわたりはじめました。

お猿のおつべ〈おしり〉はぬれてもかんまん〈かまわん〉、

お地蔵さんのおつべはぬらすな　ワッショイワッショイ

と、猿たちがかついでいくのでおばあさんはもうおかしくてたまりません。それでもおばあさんは、（猿たちをたまがしてはならん）と思って、じっとがまんしていました。猿たちは、そうしておかの上までかついでいって、

「お地蔵さんお地蔵さん、ここなら見晴らしもよいでしょう」といって、すわらせました。それから猿たちは山ぶどうや山いちごをいっぱいおそなえして帰っていきました。おばあさんは、

（まあこんなにおいしそうな山ぶどうや山いちご。ほんとうにお猿さんはわしをお地蔵さんだと思ってくれたのかねえ。じゃが、こんなにたくさんあっては食べきれん。これは町で売ることにしよう）と思いました。そうしてそれをカゴに入れてかついでかえりました。

次の日、おばあさんは山ぶどうや山いちごをかついで町へ行きました。すると、町の人たちはたいそうめずらしがって、高い値（ね）で買ってくれました。

となりのおばあさんは、その話を聞いて、

（よし、わしもひとつ、そのお地蔵さんに化けてやりましょう）と思いました。

そのおばあさんは裕福（ゆうふく）だったので、物を売りにいくことはしないで、おだんごをつくってお昼ごろにお地蔵さんのところにいきました。そしておだんごをお地蔵さんにおそなえして、自分の手にもひとつのせて待っていました。するとすぐに猿たちがやってきて、

「きょうもおだんごがある。さあ食べよう食べよう」といって、お地蔵さんのおだんごを食べてしまいました。

すると、いっぴきの猿がおばあさんを見ていいました。

「ありゃ、このあいだおかの上にあげたお地蔵さんが、いつのまにかここにおりていらっしゃる。これはいけん。あそこはいごこちが悪かったかなあ。もっ

とちがうところに運んであげよう」

猿たちは、みんなでとなりのおばあさんをかついでいきました。

やがて川にでました。猿たちは、声を合わせてわたりはじめました。

お猿のおつべはぬれてもかんまん、
お地蔵さんのおつべはぬらすな　ワッショイワッショイ
と、猿たちがかついでいくので、おばあさんは、つい、おかしくなってわらってしまいました。猿たちはびっくりして、

「これはお地蔵さんじゃない。ただのばあさんじゃ」と、川のまんなかまでいったとき、バチャンとおばあさんを落として、にげていってしまいました。それで、となりのおばあさんは、川の中でバシャバシャともがいて、やっとのことで川原へ上がったそうです。

だから、人のまねをするとよいことはないので、人のまねはするものじゃないぞということです。

強力（ごうりき）じゃべどん

むかし、朝倉（あさくら）の大庭（おおば）の善光寺（ぜんこうじ）というところににじゃべどんという力持ちがいた。

じゃべどんは、まいにち八幡（はちまん）さまにおまいりして、

「どうかわたしに力をおさずけください」と、がんかけをしていた。

ある夏の晩（ばん）、じゃべどんは生化甲（しょうけかぶり）の田んぼに夜水（よみず）を引きにいった。田んぼに水がいきわたった真夜中、女の人が生まれたばかりの赤んぼうをだいてきて、

「すんまっせんが、こん、赤子（ややこ）をちょっとのあいだ、だいとってもらえんでっしょか」といった。じゃべどんは引きうけたが、赤んぼうはだいているうちにだんだん重くなり、うでがぬけそうになった。そこで赤んぼうをひざの上におろすと、今度はまるで墓石（はかいし）をかかえているようで、ほねがおれるかと思うくらいだっ

た。じゃべどんはあせびっしょりになった。しばらくすると、さっきの女の人が来てお礼をいい、かるがると赤んぼうをだき、あっというまにすがたをけした。じゃべどんは、（こりゃあ、なんごつじゃろか）と思った。それから、あせびっしょりになった体をてぬぐいでふき、軽くしぼると、てぬぐいはねじきれてしまった。

「こりゃあひょっとして、毎日がんかけした八幡さまのおかげで力がさずかったっちゃなかろうか」と、じゃべどんはそれからも毎日おまいりをつづけた。

ある日、じゃべどんは、黒田藩（くろだはん）におさめる年貢米（ねんぐまい）を運ぶことになった。じゃべどんは、馬に年貢米をつんででかけた。中島橋まで来て橋をわたるとちゅう、殿（との）さまの行列にあい、前にもうしろにも進むことができなくなった。そこでじゃべどんは、米をつんだ馬をかかえあげ、殿さまの行列が通りすぎるのをまった。

またある日、博多（はかた）から帰るとちゅう、針摺（はりすり）のお宮で村の人たちがすもうをとっていた。じゃべどんは、力をためしたくてとびいりをねがった。ところが、

「まわしのなかもんはすもうはとれん」と、ことわられた。そこでじゃべどんは、竹林から青竹をひきぬいてきてねじりわり、まわしをこしらえた。そのまわしですもうをとったが、じゃべどんのあまりの力の強さに歯の立つものはだれもいなかった。

今でも、

「大庭んもんな横道(おうどう)もん、青竹わってへこかいた」といわれています。

やまんばのおつくね

むかし、那珂川の南面里の戸板というところに、弥右衛門というはたらき者がいました。弥右衛門は、なさけ深く親切な人でした。南面里の人たちも弥右衛門を見習って、一生懸命はたらき、まずしいながらも助けあい、みんな仲よくくらしていました。

ある日のことです。

殿さまが、「やまんばのおつくねというものをさしだせ」といってきました。

村は大さわぎになりました。だれもやまんばのおつくねというものを知りません。みんなは弥右衛門の家に集まりました。

「どげんすればよかかいな。ほんなこつこまったもんばい。よそん村ん人は知らんやろうか」

「だれも知らんげな。なんかそれらしかもんば持っていこうか。きっと、わからんくさ」

「いや、それはいかん。殿さまにうそとばれたら、村んみんながおとがめをくろうてしまう」

いつまでたっても、いっこうに話はまとまりません。弥右衛門はこまりはてて、戸板の山の神社へおまいりに行き、お地蔵さまにおねがいをしました。

「お地蔵さま、どうかお助けください。殿さまからやまんばのおつくねというものをさしだせといわれました。どうしたらそれを見つけられるでしょうか」

弥右衛門は両手を合わせ、一心不乱にいのりました。そのうち弥右衛門はつかれはてて、こっくりこっくりといねむりをはじめました。と、そのとき、ふわっと体が浮いたかと思うと、お地蔵さまのほうへすいよせられました。

「弥右衛門、感心じゃ。日ごろのはたらき、いつも見ておるぞ。お前の行いに免じておつくねのことを教えてやろう。この戸板のうらの鏡ケ原に大きな岩があって、そこにやまんばが住んでおる。わしのこの杖を持ってやまんばのところへ行くがよい。じゃが、このことはだれにもいってはならん」という声がしました。

はっとして気がつくと、目の前に杖が一本おかれていました。弥右衛門はその杖を、ありがたくいただいて家に帰りました。そして、夜が明ける前、だれにもいわずに杖をもってこっそりと家を出ました。神社をすぎ、山へ入り、草や林をかきわけ、どんどん登っていくと原っぱに出ました。そこには鏡の形をした大きな岩があり、かたわらにくずれかけた家がありました。

「もうし、お願いもうす。やまんばさまはおらっしゃるか。もうし」すると、「こんなに朝はようから、だれじゃ」といいながら、やまんばが出てきました。弥右衛門は、殿さまに命じられたことやお地蔵さまから聞いたことをはなしました。

やまんばはそれを聞くと、

「やまんばのおつくねというのは、このばばが作っている山芋（やまいも）のことじゃ」といって、弥右衛門を山の斜面（しゃめん）につれて行き、一本のにぎりこぶしのようなつるを指さしていいました。

「これが、やまんばのおつくねじゃ。昼までにほらんとおれてしまう。すぐにほるがよい」

　弥右衛門はさっそくほりはじめましたが、なかなかほれません。

「そうだ、お地蔵さまからいただいたこの杖でほってみよう」

　すると、あっというまに大きなおつくねをほりあげることができました。

　弥右衛門がお礼をいって帰ろうとすると、やまんばは、

「このおつくねは病（やまい）にもよく効（き）くのじゃ。あと二、三本ほって村に植えておくがよい」といいました。

　弥右衛門はまたおつくねをほり、もういちどやまんばにお礼をいって、村に帰りました。おつくねは殿さまにさしあげたので、村にはなんのおとがめもあ

りませんでした。

やまんばからもらったおつくねのおかげで、毎年秋になると、大きなおつくねがとれるようになり、南面里の人たちは、いつまでも元気にくらしました。

猫塚(ねこづか)

　昔むかし、筑前(ちくぜん)の若宮(わかみや)と福間(ふくま)のあいだ、見坂峠(みさかとうげ)の登り口に、西福寺(さいふくじ)というお寺がありました。お寺には、和尚(おしょう)さんといっぴきのねこが住んでいました。和尚さんは、そのねこにタキという名前をつけて、たいそうかわいがっていました。

　ある春の夕ぐれ、このお寺にひとりの旅の坊(ぼう)さんがやってきて、和尚さんに、「ひとばん泊(と)めてくれ」といいました。その坊さんは、やぶれた衣(ころも)の袖(そで)をかたまでめくり、目つきはするどく、ただならぬようすでした。けれども、和尚さんはあたたかくむかえいれ、ひとばん泊めてやりました。

　ところがあくる日になっても、坊さんは出ていこうとはしません。夏がすぎ秋になってもそのままいすわって乱暴(らんぼう)をはたらくようになり、和尚さんもこまっていました。

やがて冬になりました。和尚さんが風邪をこじらせてねこんでいたときのことです。旅の坊さんが、ねている和尚さんのそばまでやってきて、なにやら呪文をとなえました。すると、和尚さんの顔はみるみるまっさおになり、息もたえだえになりました。

その夜、和尚さんはまくらもとにねこのタキをよんで、

「あの坊さんはただものではない。もしもわしが死ぬようなことになったら、おまえがこの寺を守ってくれ」と、たのみました。すると、タキはひとこえ鳴いてどこかへ去っていき、次の日もその次の日もすがたを見せませんでした。

タキがすがたを消して、三日目の夜のことです。本堂のほうでものすごい音がしました。おおぜいのねこたちの鳴き声や物のたおれる音、屋根瓦が落ちてくだける音、それは本堂をゆるがすほどでした。けれども、弱っていた和尚さんは、起きあがることができませんでした。

あくる朝和尚さんが目をさますと、ふしぎなことに病はすっかりよくなって

いました。和尚さんは起きあがって本堂のほうへ行ってみました。すると、あたりはいたるところきずを負って死んだねこたちでいっぱいでした。そのまんなかで、タキが大きな化けねずみとかみあって死んでいました。その日から、あの坊さんのすがたもぷっつりと消えてしまいました。

あの夜、タキのよびかけで、西福寺には四方八方の村々からおおぜいのねこたちが集まったのでした。そして、旅の坊さんに化けていた大きなねずみと夜どおし戦って、千匹ものねこが死んだということです。

和尚さんと村人たちは、タキとねこたちのなきがらを集め、いっしょに埋めて、塚をつくってやりました。そこは猫塚とよばれ、今でも大切にされています。

きょうんはなしゃ、こいばっかり

再話　第Ⅱ期福岡昔ばなし大学再話コース

本文中に、ひらがな表記に音引きを使用している箇所がありますが、これは、土地言葉を文字にする際に、よりその音に近い表記にするために使用しています

こうのとりの池

昔むかし、とてもびんぼうなおじいさんとおばあさんがいました。ちょうど年のくれのことです。もうすぐお正月がくるので、そこでもここでも、ぼとぼとと、もちをつく臼（うす）の音がしていました。おじいさんの家はびんぼうなので、もち米を買うことができません。おじいさんは、

「おばあさんおばあさん、もう年のくれで、どこの家でももちつきをやっているが、うちではどうやってもちをつこうかのう」といいました。おばあさんもいろいろ考えましたが、しかたなく、おじいさんの着物を売って、もち米を買うことにしました。

そこで、おじいさんは着物を持って、町へでかけました。とちゅうに大きな池がありました。この池には、こうのとりという大きな鳥が来るので、こうの

とりをとる網が、いつでもはってありました。おじいさんが通りかかると、ふいに池のほうから身にしむような声が聞こえてきました。おじいさんがそちらのほうをふりかえると、一羽のこうのとりが網にかかって、おじいさんのほうを向いて、しきりに助けをもとめていました。おじいさんは、かわいそうに思って、すたすたと近寄り、こうのとりを網から放してやりました。けれども、おじいさんは、

（こうして鳥をとる猟師は、その鳥を売ってお米を買っている。このこうのとりをにがしたら、猟師はこまるだろうから、かわりに何かおいていこう）と考えて、持ってきた着物をそこにおいて、しおしおと家へ帰りました。

　家では、おばあさんがおじいさんの帰りを待っていました。おじいさんは、とぼとぼ帰ってきて、おばあさんを見ると、ほんとうに申しわけなさそうに、首をたれました。顔色もとても悪いので、おばあさんはたいへん心配して、

「おじいさん、どこか具合でも悪いのですか」とたずねました。おじいさんは

声をふるわせ、

「おばあさん、わしはきょう、申しわけないことをした。ゆるしておくれ」といって、池でこうのとりを助けてやって、かわりに着物をおいてきたことを話して、ひたすらあやまりました。おばあさんもなさけぶかい人だったので、

「なあに、おじいさんはよいことをしなさったのに、あやまることはありませんよ」といいました。

その日の夕ぐれ時に、それはそれは美しいお姫(ひめ)さまがたずねてきました。ふたりがびっくりしていると、お姫さまは美しい声で、

「もしもしおじいさん、たいへん申しわけありませんが、こよい一夜(ひとよ)、泊(と)めていただけませんか」と、両手をついてたのみました。思いもよらない言葉に、ふたりはおどろきました。おじいさんは、

「これはこれはお安いごようと、お泊めもうしあげとうはございますが、おはずかしいことに、さしあげるごちそうも、お休みいただく夜具(やぐ)もございません」

といいました。けれども、お姫さまが、「ぜひぜひ」と、しきりにたのむので、とうとう泊めることになりました。

　ごはんがすむと、お姫さまはふたりの前に手をついて、ていねいにおじぎをして、美しい声でいいました。

「おじいさん、おじいさん、なにをかくしましょう。わたしは、きょう助けていただいたこうのとりです。今夜は、お礼にこのようなすがたでまいりました。ここにある、この着物をさしあげますから、これを持って町へ行き、お米やそのほかのいりようなものを買ってください。それから、おけを一荷（いっか）買い、あの池の水を毎日一荷分くんで、町に売りにいってください」

お姫さまはそういいながら、着物をさしだしました。おじいさんとおばあさんは、もったいないといちどはことわりました。けれども、おひめさまが「ぜひぜひ」とすすめるので、ふたりはとうとう受けとりました。

　つぎの日、おじいさんは、お姫さまのいったとおりに、着物を町に持ってい

きました。町のお金持ちに見せると、
「おお、これはめずらしい天(あま)の羽衣(はごろも)というものだ」と、たいそうよろこんで、たくさんのお金で買ってくれました。おじいさんは、ほくほくよろこんで、お米やそのほかいりようなものを買い、おけも一荷買って帰りました。

おばあさんとお姫さまが、これを見てたいそうよろこんでいると、どこからともなく美しい調べが聞こえてきました。お姫さまは、名残惜(なごりお)しそうに、おじいさんとおばあさんにおわかれをいいました。おじいさんとおばあさんは、
「もう少し」と、引きとめましたが、お姫さまのからだに美しい羽がはえてきました。そして、お姫さまは、多くのむかえの者に囲(かこ)まれて、うしろをふりかえりふりかえり、はるか高く舞(ま)いのぼっていきました。ふたりは、お姫さまのすがたが見えなくなるまで見送りました。

つぎの日の朝、おじいさんは、お姫さまのいったとおりに、こうのとりの池に行き、澄(す)みきった水を一荷くみました。町に売りにいくと、ふしぎなことに、

この池の水がりっぱなお酒になっていました。あまいかおりがぷんぷんするので、そのお酒はすぐに売れてしまいました。おじいさんはたいそうよろこんで、毎日毎日、一荷ずつ売りにいきました。

そうして、ずんずんお金ができて、おじいさんとおばあさんは一生幸せにくらしたということです。

おけを一荷…天秤棒（てんびんぼう）の両端（りょうたん）にさげた一対のおけ

金うみ猫(ねこ)

むかし、あるところに、とても貧乏(びんぼう)でしたが正直な男がおりました。男は、毎日山からはな柴(しば)をとっては、町に売りにいっていました。

お正月が間近になった雪のふる寒い日、男はいつものようにはな柴を売りにいきました。ところが、運の悪いことに、どこも戸がしまっていて、はな柴はひとつも売れませんでした。男は、

「ああ、きょうはもう寒いな。一日回ったがひとつも売れない。どうやってお正月をするかなあ」といいながら帰っていきました。そして、橋のところを通りかかると、

「これを持ってかえってもしかたがない。竜宮(りゅうぐう)の乙姫(おとひめ)さまに、さしあげよう」

といって、はな柴を川に流しました。

それから何日かしたある日のこと、竜宮の乙姫さまのところからお使いの人が来て、

「あなたが、乙姫さまにはな柴をおくってくださったのですね。お礼に竜宮に遊びにいらっしゃい」といいました。男は、「そうですか」と、お使いの人につれられて竜宮に行きました。竜宮では乙姫さまが、

「あなたのように正直でやさしい人は、はじめてでした。わたしにはな柴をくださった人は、あなたひとりでした」と、よろこんで、ごちそうをしてくれました。

そうして何日かたったので、男が、

「乙姫さま、わたしは、もうおいとまします」と、おわかれをいうと、乙姫さまは、

「そうですか。それではお土産(みやげ)をあげましょう」といって、金の猫(ねこ)をお土産にくれました。そして、

「この猫は、めずらしい猫です。毎日、あずきを三合煮(に)て食べさせると、毎日

お金をうんこしてくれます。そのかわり、三合よりよけいに食べさせると、猫は死んでしまいますよ」と、よくよくいわれました。男は、猫をだいじにだいて帰りました。

　家に帰ると、男は乙姫さまにいわれたとおり、あずきを三合煮て食べさせてみました。すると、夜中に何か妙（みょう）な音がします。ドサリドサリ、バサリバサリ、チリンカラン、チリンカラン、ドサリドサリ、バサリバサリ、その音は夜どおしつづきました。

　あくる朝、

「妙な音がしたがなんだろうか」と、男が猫のところへ行ってみると、お金がいっぱい落ちていました。男は、

「ああ、こりゃ本当のことだった。ありがとうございます。乙姫さま」といって、よろこびました。

　それから毎日、あずきを三合煮て食べさせると、猫はいつもお金をうんこし

てくれました。

　ある時、となりのよくばりな男がそれを聞きつけて、

「あんたの家では、このごろ妙な音がして、なんでも猫がお金をドサリドサリとうんこしていると聞いたが、それは本当か」といいました。

「はい。竜宮の乙姫さまからいただいた金の猫なので、だいじにしています」

「ほう、そんなだいじな猫なのか。あんたの家には、もうずいぶんお金がたまっただろうから、その猫をわしに貸してくれ」

　男はそういわれて、いやとはいえず、

「はいはい。それでは貸しましょう」といって、猫を貸してあげました。

　となりの男は、はじめはちゃんとあずきを三合煮て猫に食べさせました。すると夜中に、ドサリドサリ、ドサリドサリと音がします。男は、

（はあ、ドサリドサリとお金がおちているなあ。夜が明けたら見にいこう）と思いました。

朝になって行ってみると、猫はうんこばっかりしていました。

「ああ、こりゃあきれた。せっかくあずきを煮て食べさせたのにどうしたことか。ようし、それなら今夜は、あずきを五合煮て食べさせよう」と、となりの男はあずきを五合煮て猫に食べさせました。そして、

「こんどはいっぱい食べさせたから、よろこんでお金をうむだろう」と、楽しみにねました。ところが、その夜は何も音がしません。

あくる朝、男が、

「ひとつも音がしないが、どうしたことか」と、起きていってみると、三合しか食べさせてはいけないというのに、五合も食べさせたので、猫は死んでいました。

まあ、そんなおはなしです。

酒屋の娘婿(むすめむこ)になったもくず

　昔むかし、小倉(こくら)の街(まち)から遠くはなれた田舎(いなか)に、ちり、あくた、もくずという三人の兄弟が住んでいました。両親に早く死にわかれた兄弟は、親がのこしたわずかな田畑をたがやし、まずしくとも力を合わせてくらしていました。

　年の瀬(せ)もおしせまったある日のことでした。三人はそれぞれのかごに、たきぎ、橙(だいだい)、大根を入れ、いつものように小倉の街を売りあるきました。ところがこの日はどういうわけか、さっぱり売れませんでした。

　ある街角(まちかど)まで来た時、ぷうんと酒のにおいがして三人は足を止めました。そこは、白壁(しらかべ)の大きな土蔵(どぞう)がいくつも立ちならんでいる酒屋の店先でした。

　一番上のちりがいいました。

「ずいぶん大きな酒屋だなあ。さぞかしうまい酒が、たるいっぱいつまっているにちがいない。おれは、酒とはいわないが、酒粕が四、五貫ほどほしいな。そうすれば、おれたちもよい年をむかえることができるのだが」

するとまん中のあくたがいいました。

「なんだ、ちり兄さんがほしいのは、酒粕が四、五貫か。おれは、銭がほしい。銭をこのかごいっぱいほしい」

下のもくずはだまって兄たちの話を聞いていました。すると、あくたがききました。

「もくず、お前は何がほしい」

「おれかい、おれは兄さんたちよりもっとのぞみが大きいんだ。兄さんたちは、酒粕が四、五貫とか、かごいっぱいの銭だとか、のぞみが小さいよ」

「おれたちののぞみが小さいというなら、もくず、おまえののぞみとはいったい何だ」

「おれはな、おれは、この酒屋の娘婿になりたい」

この酒屋には、咲花（さくはな）というひとり娘がいました。咲花は小倉でもひょうばんのきれいな娘で、町の人の話によると、婿をさがしているということでした。

「もくず、なるほどお前ののぞみは大きいな」

ふたりの兄は、もくずのことばを聞いてわらいました。

「さあ、それより早くかごの荷を売りにいこう」

三人は売り声をはりあげて歩きだしました。

そのとき、うしろからだれかが三人をよびとめました。ふりかえると、それは酒屋の番頭でした。番頭は、

「わたしどもの主人があなた方に用があるそうです。すこしばかりわたしどもの店までおこしくださいませんか」といいました。三人は、先ほどの店先での話を酒屋の主人に聞かれたのだと思いました。おこられるのではないかと心配になりましたが、しかたなく番頭のあとについて行きました。

三人が店に入ると、そこには店の主人がすわっていました。

「よく来てくれた。用というのはほかでもない。先ほどお前さんたちが、この店先で話したことをもう一度わたしに聞かせてほしいのだ」と、主人がいいました。

三人がもじもじしていると、主人は、

「なあに決しておこりはしない。先ほど話したとおりにいえばよいのだ」といいました。

三人はしばらく顔を見あわせていましたが、

「おれは、酒粕が四、五貫あれば、よい年がむかえられるといいました」

「おれは、このかごいっぱい銭がほしいといいました」と、ふたりの兄が答えました。

「そうかい、そうかい。それでは番頭さんや、このおふたりに、酒粕五貫と、かごいっぱいの銭を分けておやり」と、主人が番頭にいいつけました。

「さてさて、こんどはお前さんの番だ」

主人はもくずに向かっていいました。

「おれは何もいいませんでした」

「かくさなくてもよい。正直にいうのだ」

「おれ、この酒屋の、娘婿に、なりたいといいました」

もくずは、もじもじしながら答えました。

　主人は番頭に娘をよんでくるようにいいました。やがてきれいな娘があらわれました。

「咲花（さくはな）や、ここにいるもくずさんという人がお前の婿になりたいということだ。それで、わしは、お前が作った歌にこのもくずさんがみごと歌を返したならば、お前の婿どのにしようと思う。さあ一首よむがいい」

　主人がそういうと、咲花（さくはな）は短冊（たんざく）にさらさらと一首したため、さしだしました。

　　須彌山（すみせん）の山より高く咲く花を
　　磯（いそ）のもくずが手折（たお）るものとは

主人は咲花(さくはな)の歌をよみあげると、もくずのほうに目をやりました。

もくずはしばらくかんがえていましたが、主人から短冊をもらうと、やがてさらさらと歌を書いてさしだしました。

須彌山(すみせん)の山より高く咲く花も
散(ち)ればもくずの下となるらん

主人は、返された歌を何度もよみあげ、

「けっこう、けっこう。あなたこそうちの婿どのだ」と、笑(え)みをうかべて、大声でいいました。

こうして、もくずは酒屋の娘婿になりましたとさ。

ぶすかたの話

昔むかし、母さんとぶすかたというおろかな息子がいました。

ある日、母さんはぶすかたに、

「あした、父さんの法事をするから、和尚さまに案内をしてきておくれ。和尚さまは黒いきものを着ておられるからね」といって、使いにだしました。

とちゅうのおかの上に黒牛がいました。ぶすかたは、（これが和尚さまだ）と思い、ひざまずいておじぎをしていいました。

「あしたは父さんの法事をしますので、うちにおいでください」

けれども、牛はただ、「もう」となくばかりです。ぶすかたは、

「もうではありません、あしたです」といいましたが、牛は、「もう、もう」となくばかりでした。

ぶすかたは家に帰って、そのことを母さんにいいました。母さんは、
「それは牛だよ。和尚さまは黒いきものを着て、高いところにおられるからね」
といって、また使いにだしました。

とちゅうの木のえだにからすがいました。ぶすかたは、（これが和尚さまだ）
と思い、おじぎをしていいました。
「あしたは父さんの法事をしますので、うちにおいでください」

けれども、からすは「かあかあ」となくばかりです。ぶすかたは、
「母さんではありません、父さんの法事です」といいましたが、からすはまた、「かあ、かあ」となくばかりでした。

ぶすかたはしかたなく家に帰り、母さんにそのことをいいました。母さんは、
「それはからすだよ。今日はもう日がくれたのでどうしようもないね」といいました。

つぎの日、母さんはごちそうの用意をして、釜（かま）を火にかけました。そして、

ぶすかたにるす番をさせて、和尚さまを案内にでかけました。

　ぶすかたがかまどで火の番をしていると、しだいに釜がにたってきて、釜のふたが少しずつ、

「ぶす、かた、ぶす、かた」と、なりはじめました。ぶすかたはおこって釜をしかりましたが、釜はますます、

「ぶすぶす」と、はげしくぶすかたをののしりました。とうとうぶすかたは火箸(ひばし)をふりあげ、力をこめて釜をうちました。すると、釜はこわれて、中身が灰の中にとびちり、灰がまいあがりました。

　ちょうどそのとき、母さんが帰ってきてその様子を見ました。母さんはぶすかたにわけを聞いてたいそうはらをたてましたが、どうしようもありません。母さんは、

「屋根うらにしまっている釜をおろすから、おまえは下からしりをかかえなさい」といいました。ぶすかたは、

「わかったよ、母さん」といいました。母さんが屋根うらから釜をさしだし、

「早くしりをかかえなさい」というと、ぶすかたは自分のしりをしっかりと両手でかかえました。母さんが、

「落とさないように、しっかりとかかえなさい」というと、ぶすかたはいっしょけんめいにしりをかかえて、

「早くおろしてよ、苦しい、苦しい」といいました。それで母さんが手をはなすと、釜は下におちて、みごとにこわれてしまいましたとさ。

化け物と豪傑

むかし、あるところに、いっけんの化け物屋敷がありました。人びとはたいそうおそれて、日がくれるとその屋敷によりつくものもありません。ところが、ひとりの酒ずきな豪傑がそのことを聞いて、

「おれが化け物をたいじしてやろう」といいました。そして、豪傑はひょうたんに酒を入れてこしにさげ、日のくれるのを待って、化け物屋敷にでかけました。

この屋敷は、ひさしく住む人もなくあれはてていて、まわりに草がしげっていました。昼でさえ気味悪いのに、この豪傑は平気で、ときどき、ひょうたんの酒をちびりちびり飲みながら、

（もう化け物が出るだろう、もう出るだろう）と、待っていました。

夜はだんだんふけてきました。いやな風がひよひよとふいてきたかと思う

と、むこうのほうに目がひとつの化け物が出ました。それから一本足が出た。一寸坊（いっすんぼう）が出た。それから口が耳までさけたのやら、ひたいに角のあるのやら、いろいろな化け物がつぎつぎに出てきました。そうして、いっせいにおどりを始めました。それを見た豪傑は、

「これはおもしろい、これはおもしろい」と、しきりに酒を飲んでながめていました。

やがて、化け物たちのおどりが終わりました。するとこんどは、化け物たちはみんな、梅（うめ）、桃（もも）、桜（さくら）などの花になって、ざしき一面にさきみだれました。豪傑はこれを見て、

「ああ、これはきれいだ、これは美しい」と、しばらくながめていましたが、

「おどりや花で酒がたいそううまかったが、せっかくのごちそうに、なにか酒の肴（さかな）になるようなものに化けてもらうことはできないか」といいました。すると、美しい花がぱっと消えうせて、ひとつの小さな梅の実になりました。

豪傑はたいそうよろこんで、

「これはめずらしい」といってながめながら、梅の実に、

「おれの手のひらにのってみよ」といいました。梅の実の化け物は、ころころところがって、ひょいと手のひらにのりました。豪傑は、梅の実を手のひらでころがしながら、

「この梅の実はたいそう味がよいのであろう」といって、かぷんと口に入れ、がりがりがりとかみくだいて、酒といっしょにぐっと飲みこんでしまいました。

こうして豪傑は、刀で切りもせず、手でとらえもせず、おそろしい化け物をひとくちで飲んでしまったということです。


豪傑…知恵（ちえ）と勇気（ゆうき）があってだいたんなことをする人

う五郎(ごろう)さんのにぎりめし

昔むかし、下碓井(しもうすい)という村に、う五郎(ごろう)さんという人がおりました。秋になって稲刈(いねか)りが始まり、ねこの手もかりたいぐらい村じゅうがいそがしくなりました。けれども、う五郎さんは仕事もしないでぶらぶらしています。それで村の人が心配して、

「う五郎さん、あんたのうちはいつ稲刈りをするんだい。早く手伝(てつだ)いをたのまないと手が足りなくなるよ」といってやりました。すると、う五郎さんは、

「なあに心配はいらないよ。うちが稲刈りを始めたらな、とってもおいしいごちそうを出すから、すぐに手伝いの人は集まるよ」といいました。そしてまた、ぶらぶらしていました。

村の稲刈りがほとんど終わったある日の夕方、う五郎さんは、

「あのな、となりだからちょっといっとくけど、うちはあした稲刈りをするからな」といいました。となりの人はそのとなりへ、そのとなりの人はそのまたとなりへと、この話はひとばんのうちにぱあっと村じゅうに広がりました。

朝になると、う五郎さんの家の前は、おおぜいの人でいっぱいになりました。（どんなごちそうだろうか）と思って集まった人たちでしたが、とにかく、大ぜいの人で稲刈りはどんどんはかどりました。

昼ごろになって、う五郎さんの家からおいしいにおいがしてきました。そのころには、稲刈りはほとんどが終わっていました。う五郎さんは、

「あのな、もうすぐ昼だろう。もうやめて昼めしにしてもいいのだが、昼めしを食べて、また稲刈りというのもたいへんだろう。ちょっとおそくなるけど、昼めし前にぜんぶがんばってくれないか」といいました。みんなも、（それはそうだ）と思い、ひと息に刈りあげてしまいました。

稲刈りが終わると、う五郎さんは、

「ありがとう。みんなのおかげで稲刈りも早く終わったよ。すぐ昼めしにするけど、うちはせまいし、みんないっしょには上がってもらえないから、一列にならんでじゅんばんに入ってくれよ」といいました。それでみんなは、どんなごちそうだろうかとわくわくしながら、ずらっと一列にならんで、じゅんばんに何人かずつ中に入りました。

ところが、出されたものは、いりこのしょうゆ味のにぎりめしとたくあんだけ。ごちそうと聞いて、朝めしや、前の日のばんめしをぬいた者も中にはいたので、目の前のにぎりめしには、がっかり。（ちくしょうだまされたか）と思いましたが、昼めしぬきで稲刈りをしたので、はらの虫はぐうぐういうし、つい手を出して、にぎりめしにかぶりつくと、そのうまいこと、うまいこと。そして、（これは、うまい）と思って食べようとすると、待っている人たちが、「はやく、はやく」とせかすので、食べている人はゆっくりもできず、大急ぎで食べて、外に出るときには、（とにかくうまかった）という気持ちだけでした。

村の人たちは、入り口と出口がちがうので、どんなりっぱなごちそうか中身がわからず、う五郎さんにだまされたことにはらを立てましたが、

「ひもじいときにまずいものはない、だろう」という、う五郎さんの言葉にまちがいはありませんでした。

村の人たちは、

「う五郎さんのうちのにぎりめしはうまかったなあ」と、いつまでも話したそうです。

又ぜえさんと閻魔さま

むかし、筑前福間に、又ぜえさんという、とんちのある人がいました。

その又ぜえさんも寿命には勝てず、死んでしまいました。そして、閻魔さまのところに行きました。

閻魔さまが、過去帳を見てききました。

「又ぜえ、お前は生きているあいだ、何をしていたのか」

「何をしていたかというと、百姓でございましたが、魚をとることが大すきでした。一番うまいのは、鯰のかばやきでした」と、又ぜえさんはこたえました。

「ほう、鯰とはどんなものか」と、閻魔さまはききました。

「どんなものかといわれても、小さな鰻のようなものです。やいて食べれば、こんなにうまい魚はほかにない。閻魔さまも、いちど食べてみればわかりますよ」と、又ぜえさんはこたえました。

「ほう、そんなにうまいものなら、おれも行ってみよう」と、閻魔さまはいいました。

「閻魔さま、そんなかっこうで行ったら、鯰はにげてしまいます。とくさ着を着ていかなくてはいけませんよ」と、又ぜえさんはいいました。

「とくさとは、何か」と、閻魔さまはききました。

「それなら、わたしのとくさ着を着ていってください。わたしが閻魔さまの着物をちょっとかりておきましょう。このとくさ着なら、鯰のにおいがするので、鯰がたくさんとれますよ」

　そこで、閻魔さまが、又ぜえさんのとくさ着を着て、三途(さんず)の川のやなぎの下へ行くと、とれるのなんの、鯰はいくらでもとれました。又ぜえさんに教えられたとおりに、かばやきにして食べたら、うまかったので、

（こんなにうまいものを知っている又ぜえは、極楽(ごくらく)にやってもよいぞ）と、閻

魔さまは思いました。

　閻魔さまは、かばやきのにおいをぷんぷんさせながら帰ってきて、

「こりゃ、又ぜえ、着物をきがえるぞ」といいました。

「何をいうか。ははあ、お前は又ぜえだな。わしは、閻魔大王ぞ。うそばかりいうやつは地獄（じごく）行きだ」と、又ぜえさんはいいました。閻魔さまは、しぶしぶ地獄へ行きました。

　さあ、それからは、筑前の者はうまいことやりました。

「お前はどこから来たか」

「は、わたしは筑前遠賀（おんが）の生まれで」

「ん、そうか、筑前生まれなら極楽行きじゃ」

　又ぜえさんが閻魔さまをやっているので、筑前の者はみんな極楽に行きました。

　あんまり極楽行きが多いので、極楽では、蓮（はす）の葉のざぶとんがたりなくなり

ました。そこで、あとから極楽にきた者たちは、ちょっとおしりがかゆいのをがまんして、蓮の葉に似ている、かいもの葉にすわることになりました。

いっぽう、地獄のほうにはだれも来なくなりました。地獄では、大きな釜がいらなくなって、古物屋に売ってしまいました。そして、その空き地を耕して、そばを植えて、そば粥もちが食べられるようになりました。

今では、地獄のほうがいいという話です。

閻魔と交替

昔むかし、筑穂町に儀五郎さんという人がいた。むかしはたいへんな金持ちだったが、博打がすきで、財産をなくしてしまった。それで、う飼いをして魚をとってくらしていた。

この儀五郎さんが病気になって、いよいよ最期というとき、遺言をした。

「おれが死んだら三途の川でう飼いをするつもりだから、棺にはう飼いの道具一式を入れてくれ」

それで、葬式のとき、家の人は儀五郎さんの棺に、う飼いの道具を入れてやった。

儀五郎さんは三途の川に着くと、さっそくう飼いを始めた。その魚のとれること、とれること。今までだれも三途の川で魚などとったことがなかったので、どんどんおもしろいようにとれた。

するると、それを閻魔大王が見て、おもしろそうなので、

「おれにもちょっとさせてみろ」といった。

儀五郎さんは、「いやだ」といったけれど、閻魔大王は、

「おまえの着物をよこせ」といって、無理やり着物を取りかえた。けれども、
閻魔大王はまったくの素人で、川の水をバシャバシャいわせるだけで、魚はいっぴきもとれなかった。

そのうち、閻魔大王の着物を着た儀五郎さんは、大声でさけんだ。

「おおい、番卒来い。三途の川で殺生しているけしからん者がいる。すぐにつかまえて地獄につれていけ」

それで、地獄の鬼たちは、すぐに三途の川の中に入って、閻魔大王をつかまえた。閻魔大王が、

「おれが閻魔大王だぞ。なにをするか」とさけんでも、鬼たちは聞かず、閻魔

大王は地獄へつれていかれてしまった。

今では、儀五郎さんが閻魔大王になっている。そして筑穂町の人が来たら、みんな極楽（ごくらく）に行かせてくれるそうだ。

投げまんじゅう

昔むかし、深い山の中に、へり山という村があった。

この村に、太平(たへい)どんという、人をからかうくせのある男がいた。けれども、たいそうな物知りだったので、村の者は何かあると太平どんに相談にいっていた。

ある年のこと、村のむすめがとなりの村によめにいくことになって、へり山の者はみんな祝言(しゅうげん)のせきによばれることになった。

となりの村は、へり山よりひらけていたし、むすめのよめ入り先が庄屋(しょうや)どんのところだったので、みんなはどうしたものかとこまってしまった。そこで、太平どんのところに相談にいった。

「太平どん、わしたちはいなか者で、祝言のせきの礼儀作法(れいぎさほう)がわからないから、はじをかかないように、よおく教えておくれ」

「何だ、そんなことか。よしよし、わかった。いいか、みいんな、おれのする通りまねしろよ。そうすれば、まちがいないからな」

　太平どんにそういわれて、みんな安心して帰った。

　いよいよ、祝言の日。村の者は、太平どんを先頭に、ぞろぞろと、となりの村に行った。

　とちゅう、太平どんが立ち小便（しょうべん）をすれば、みんな大まじめな顔をして、立ち小便をした。

　みんなは庄屋どんの屋敷（やしき）に着いて、すぐに祝言の膳（ぜん）にすわらされた。今まで見たことも食べたこともないごちそうが、ずらっとならんでいた。村の者は、目を皿のようにして、そのごちそうと太平どんを見つめていた。

　村の者をじいっと見ていた太平どんは、いつもの悪いくせが出て、

（よおし、いっちょう、みんなをからかってやれ）と思った。そして、自分の

前にあるまんじゅうを手でつまんで、ぽおんと頭より上に投げあげ、口でがぶっと受けとめて、むしゃむしゃと食いながら、みんなをじろっと見わたした。それをぽかあんと見ていた村の者は、あわてて前のまんじゅうをつまんで、ぽおんと投げあげ、口でがぶっと受けとめて食べた。

　これを見ていた太平どんは、おかしくてたまらなかった。けれども、わらうのをこらえて、

（よおし、もういっちょう、やってやれ）と思った。

　次に汁椀(しるわん)を取りあげ、はしでそうめんをつまみ、鼻の高さまで持ちあげ、ちょいと耳にかけてから口に持ってきて、つるつるっとすすった。村の者はまじめな顔をして、その通りまねをした。

　それから先は、太平どんが鼻をかめば、みんなは出ない鼻をむりしてかむ。さかずきのさし方、はしの上げおろしまで、それはもう一糸(いっし)みだれず、みんながそろってやった。

これには、さすがの太平どんも、おかしさを通りこしてはらが立ってきた。とうとう、がまんできなくなって便所（べんじょ）に立った。すると、村の者もみんな立ちあがって、ぞろぞろとついていこうとした。

「おれは、便所だ。いくらなんでも、便所までついてくるな」

「でも、わしら太平どんがいなくなったら、どうしていいかわからないから」

「それなら、おれが便所から出てくるまで、座敷（ざしき）でじいっと待っていろ」

太平どんは、そういって便所に行った。

太平どんがもどってみると、村の者がみんな六まい屏風（びょうぶ）にへばりついて立っていた。

「みんな、どうしたんだ」

「おっちょこちょいの甚吉（じんきち）のやつが、これをたおしてしまって、どうしてもこれが立たないんだ」

見ると、屏風はまっすぐになってしまっているので、みんなで、たおれないように、それをささえていた。甚吉はなさけない声を出した。

「太平どん、たのむから、これの立て方を教えてくれ」

「さあ、おれも、これが屏風ということは知っているけれども、見るのははじめてだからなあ。まあ、しょうがないから、そうやって、しばらく立ってささえておけ」

太平どんは、にやにやわらいながら、自分のせきにもどって行った。そして、「みんなには気のどくだが、ああしておいてもらおう」といいながら、ゆっくりごちそうを食べた。それでも、なんとかぶじに祝言が終わった。

帰りに、太平どんが、

「甚吉、祝言はどうだったか。おもしろかったか」ときくと、

「何がおもしろいものか。耳かけそうめん、投げまんじゅう、夜は夜とて、ひっぱり屏風の立ちんぼう。もう、祝言なんかこりごりだ」と、甚吉がいったという話。

くもの化け物

むかし、ある男が山ごえをしておりました。やがて、日がとっぷりとくれてしまいました。（こまったなぁ、すっかり暗くなってしまった。今夜のうちに山ごえはできないなぁ）と思いながら、先を急いでいると、むこうのほうに明かりがひとつぽつんと見えました。

（あぁ、あそこまで行けばだれかいるだろう）と思って、明かりをめざしてどんどん歩いていくと、一軒の家がありました。

戸のすきまからのぞいてみると、中にはひとりの坊さまがいました。男は、

（はぁ、よかった）と思って戸を開けて、

「もしもし、坊さま、坊さま。今夜ひとばんわたしをここにとめてください」

とたのみました。

「あぁ、あぁ、いいともいいとも。はい、お入り」と、坊さまはいいました。

「あぁ、助かった」といって、男は中に入らせてもらいました。

「さあ、こっちに来て火にあたんなさい」と、坊さまがいったので、男はいろりのそばにすわって坊さまと話を始めました。

しばらくすると、坊さまが、

「ちょいととなりに用があるから、留守番(るすばん)してもらえんじゃろうか」といいました。

「はいはい、留守番くらいいたしましょう」と、男がこたえると、坊さまはでかけていきました。

それからもう、待てどくらせど坊さまは帰ってきません。そのうち男は、だんだんねむくなってきました。目の前でいろりの火が燃(も)えているのを見て、

(ここは山の中だから化け物が出るかも知れない。何が起こるかわからないから、火箸(ひばし)だけは焼(や)いておこう)と思いました。男は火の中に火箸を入れ、まっ

かになるまで焼いて、うつら、うつらしていました。

そのときどこからか、生ぬるうい風がほうっとふいてきて、男ははっと目を開けました。すると戸口に、さっきの坊さまが立っていました。

「あぁ、ご迷惑じゃったな。留守番をたのんで」といいながら、坊さまはいろりのそばにすわりました。そうして、そでの中から、美しい青玉と赤玉を取りだして、

「ひと　ふた　まんど、ひと　ふた　まんど」と歌いながら、お手玉とりを始めました。

「坊さま、ずいぶんめずらしいものをお持ちですが、それは何ですか」と、男がたずねると、坊さまは、

「これはちょっとなあ、めずらしい玉じゃが、あんたは知らんのか」といいました。

「はい。はじめて見ます。わたしにも玉をかしてください」といって、男が手をさしだすと、坊さまは男の手のひらに玉をのせてくれました。ところが、玉

はべたべた、べたべたと手のひらにくっついてはなれません。

「あぁ、これはこまった、こまった」といって、男は両手の玉を引きはがそうと、あっちに引っぱり、こっちに引っぱりしました。それでも玉は手からはなれません。そのうちに、坊さまの顔色がすうっとかわって、おそろしい姿（すがた）の化け物になりました。

（これはしまった。どうすればいいだろう）と、男は思いました。はっと気づいて、まっかに焼けた火箸をいろりから取りだし、近よってくる化け物の足を力いっぱいたたきました。そうしたら、「へへぇ、へへぇ」と、苦しそうな声がして、いつのまにか、化け物は消えてしまいました。男は、

「あぁ、助かった。ほんとうにおそろしかった。夜が明けたら、すぐにこの山を下りよう」といって、ぶるぶるふるえながら夜明けを待ちました。

　少し明るくなると、男は急いで外に出ました。山を下りていくと、道のまんなかにまっくろい物がありました。男がいったい何だろうとそばによってみる

と、それは陣八笠（じんぱちがさ）のような大きな盗人（ぬすっと）ぐもでした。よく見るとそのくもの足は焼けて、ちぢんでいました。

「ははぁ。ゆうべの化け物は、これだったんだな。火箸を焼いておいてよかった。命拾いした」といって、男は急いで山を下りていったそうです。

猿（さる）のむこ入り

むかし、あるところに、ひとりのおじいさんとふたりの娘（むすめ）がいました。

ある年、日でりがつづいて、稲（いね）がぜんぶかれそうになりました。そこでおじいさんは、田んぼに水を引くために、毎日、毎日、水車をふんでいました。

ある日、朝からせっせと水車をふんでいると、いっぴきの猿（さる）が山からおりてきて、

「おじいさん、おじいさん、稲がとれるまで水車をふんであげましょう。そのかわり、おねがいがあります」といいました。おじいさんが、

「おねがいとは、なんだね」というと、猿は、

「おじいさんのふたりの娘さんのうち、どちらかひとりをわたしの嫁（よめ）にください」といいました。おじいさんは、水車をふむのがつらかったので、

「よしよし、おまえがわたしのかわりに水車をふんでくれるなら、娘をひとりやろう」といって帰りました。

猿は、それを聞くと、うれしくてうれしくて、一生懸命水車をふみました。

その年は、猿のおかげで稲がたくさん実りました。

稲刈りがすむと、さっそく猿が来て、おじいさんに、

「やくそくどおり娘さんをください」といったので、おじいさんはやくそくを思いだしました。おじいさんはあわてて、

「ちょっとまってくれ、娘たちに話をするから」といって、その日は猿をかえしました。

夜になるとふたりの娘をよんで、

「猿に水車をふんでもらうかわりに、お前たちのどちらかひとりを嫁にやるとやくそくした。すまんが、どちらか嫁にいってくれ」とたのみました。

上の娘はいやだといいました。下の娘は、

「それなら、わたしが行きましょう」といいました。そして、「そのかわり、りっぱなかがみを買ってください」と、おじいさんにたのみました。おじいさんは、

「よし、よし」といって、すぐにりっぱなかがみを買ってきました。それから娘はおじいさんに、

「猿に、むかえにくるとき大きな水がめをひとつせおってくるようにいってください」とたのみました。おじいさんは、

「よし、よし」と、すぐに猿のところへ行きました。

水がめのことを話すと猿は、

「わかりました」といって、いちばん大きな水がめをせおって、娘をむかえにきました。

娘はかがみを持って、猿のうしろについていきました。

山へ行くとちゅうに、深い池がありました。娘は猿のすきをみて、池の中へ

かがみを投げこみました。そして猿に、
「お猿さん、お猿さん、だいじなかがみを池の中に落としてしまいました。すみませんがとってきてくれませんか」とたのみました。

猿は水がめをせおっていることもわすれて、池の中にとびこみました。

すると、水がめの中に水が入って、猿は池の底（そこ）にしずんでしまいましたとさ。

さるとかにのもちあらそい

むかし、あるところに、さるとかにがいました。

ある日、ふたりはいっしょにもちをついて食べようと話しあいました。さるは、

「かにさん、かにさん、おまえは強いはさみがあるから、山へ行って杵（きね）にする木を切ってきてくれ。おれはうすをあらって、米をといでおくから」といいました。

かにはすぐに山に行って、一本の木を切ってかえってきました。ところが、さるは、

「この木は曲がっているから役に立たない。もう少しまっすぐな木を切ってこい」といいました。

正直なかにはまた山に行きました。さるはかにのいないあいだに、曲がった

木で杵を作って、ひとりでもちをつき、そのもちをふくろに入れました。そして、ふくろを持って、川のそばのかきの木に登り、むしゃむしゃ食べていました。

かには帰ってきて、さるがいないので、

「さるさん、さるさん」と、大声でよびました。けれどもさるの返事はありません。かにはあまりのどがかわいていたので川に行きました。水を飲もうとすると、水にもちを食べているさるがうつっていました。かには木の上のさるに向かって、

「さるさん、おれにもひとつもちをくれ。たったひとつでいいから」といいました。けれどもさるはあかんべえをして、もちをくれませんでした。そこでかには、

「さるさん、そのもちをえだの上にならべて木をゆすってごらん。とてもおもしろいよ」といいました。さるもそうだと思って、もちをえだの上にならべて木をゆすりました。ところが、もちはみんな地面に落ちてしまいました。

かにはそのもちを、急いでひとつのこらず自分のあなに入れました。さるは木から下りてきて、

「かにさん、おれにもひとつもちをくれ。たったひとつでいいから」といいました。けれどもかにには、

「いやだね」といって、あかんべえをして、もちをやりませんでした。そこでさるは、

「どうしてももちをくれないなら、おまえのあなの中に糞（くそ）をたれこむぞ」といいました。かにが、

「たれこむならたれこんでみろ」といったところが、さるはほんとうにかにのあなの中に糞をたれこみました。

かにはたいそうはらを立てて、さるのしりを強いはさみでひねりました。

さるのしりが今でも赤いのは、かにがひねったからだということです。

さるのけつはまっかっか

宵のしゃら

むかし、あるところに、びんぼうなお母さんと子どもがあった。とうとうお米も何もなくなってしまって、お母さんがたいそう心配していた。そうしたら、子どもが、

「お母さん、そう心配しなさんな。わしがどうにかして、お母さんにごはんを食べさせてあげるから」といった。

「お前のような年もとらん者が、どうやって工面がつくかな」と、お母さんがいうと、子どもは、

「大きな酒屋があるから、そこの主人にたのんでわしを使ってもらう」といった。

お母さんは、

「お前のような小さいのが、使ってもらえるじゃろうか」といった。

　子どもは酒屋に行って、

「旦那さま、旦那さま、きょうからわたしを使ってください。何でもします。年とったお母さんに食べさせるお米がないから」とたのんだ。酒屋の主人は、

「何もさせる用はないが、それだけ親を思うなら、きょうから来い。使ってやろう。お母さんの米代は、こちらから送ってやるから安心しなさい」といって酒蔵で使うようにした。ところが、蔵男たちが、

「お前のような小さい、年もとらん者が、ここに来て何をするのか」といっていじめた。けれども、子どもは、いくらいじめられても主人にいわないでしんぼうした。

　あるばん、主人が、

「これからお前たちに、おれが謎をかけるからといてみよ。もし、とけた者がいたら、この家や財産をやって、おれは傘いっぽんで出ていくが、といてみらんか」といった。そこに集まっている者たちはみなすぐにその気になった。主

人は、

「『宵のしゃら、夜中のりんの細声、夜明けの声の玉づさ』というのだ。どうだ、とけるか」といったが、だれもとけなかった。主人は、

「この謎を今夜とけというのではない。あしたの朝までにとけばよい。今夜は、みんな帰ってゆっくり考えてこい」といって、みなにひまをやった。

　子どもはお母さんに会いたくて急いで家へ帰った。すると、やぶれ衣を着たきたない和尚さまがいた。子どもは、和尚さまにたいそう親切にした。そうして、そのばんは三人で休んだ。休むといってもふとんがないから、いろりのそばで三人が話をしていると、犬が吠えだした。すると、和尚さまが、

「しゃらがなく、しゃらがなく」といった。子どもはちょうど謎を考えていたので、

「和尚さま、しゃらがなくとは何ですか」とたずねた。和尚さまは、

「犬の吠えるのをしゃらがなくという」と答えた。それを聞いた子どもは喜んだ。

　やがて夜明けとなるころ、どこかで一番鶏が鳴きだした。すると、和尚さまが、

「りんの細声がするなあ」といった。子どもが、

「和尚さま、りんの細声とは何ですか」とたずねると、和尚さまは、

「一番鶏の鳴き声をりんの細声という」と答えた。それを聞いた子どもは喜んだ。

まもなく夜が明けた。子どもが和尚さまのおともをして、井戸ばたで水をくんでいると、和尚さまが、

「けさは玉づさが深いなあ」といった。

「和尚さま、和尚さま、玉づさとは何ですか」と、子どもがたずねると、和尚さまは、

「朝の露のことを声の玉づさという」とこたえた。謎が三つぜんぶとけたので子どもがたいそう喜んでいると、和尚さまは急にいなくなった。

子どもは朝ごはんも食べずに酒屋に行った。そして、

「旦那さま、旦那さま、わたしがゆうべの謎をときましょう」というと、主人はびっくりして、

「それならといってみよ」といった。子どもは、

「宵のしゃらとは犬のことで、夜中のりんの細声とは一番鶏の鳴き声で、夜明けの声の玉づさとは朝の露のことです」といった。それを聞いて主人はたいそうびっくりした。

「そのとおりだ。では、やくそくどおり、お前にこの家や財産をゆずって、おれは傘いっぽんで出ていこう」といって、出ていってしまった。

それから、子どもは酒屋の家でお母さんと安楽にくらすようになった。

おしまいかっぽ米ん団子（だんご）、うんと食いや腹（はら）がせく

太宰府まいり

むかし、夏の八朔になると、唐津の人たちは、太宰府まいりに行っていました。

唐津から太宰府までの、十五里の道を、一日で行ってくるのですから、暗いうちに起きてでかけました。勘右衛どんも、びんぼうでしたが、人なみに太宰府まいりをしようと思いたちました。

勘右衛どんが目をさますと、もう明け方になっていたので、あわてて弁当を風呂敷につつみ、家をとびだしました。どんどん急いだので、筑前前原に来たころ、ようやくお天道様が出てきました。勘右衛どんは、腹がへったので弁当を食べようかと、腰に下げていた風呂敷づつみを取りあげてみて、びっくりぎょうてん。風呂敷と思っていたのは、おっかさんのまっかな腰巻でした。

（まあ、しかたがない。おれもあわてていたし、めしさえ食べられればいい、いい）

と思って、その腰巻きをあけてみると、弁当だと思っていたのは、木のまくらでした。

「ほんとうにおれは、おっちょこちょいだ」と、くやみましたがしかたがありません。

　腹をすかせたまま、ひるごろ太宰府につきました。太宰府の町に入ると、大きな赤銅の鳥居がありました。それを見あげて、勘右衛どんは、

「これが、唐津京町の常安さまがたてられた鳥居だ。常安さまは、くじら長者だから、これほどのことができるのだな。おれみたいなびんぼうものもいるし、唐津のものもいろいろだなあ」といいました。鳥居をくぐって境内に入った時には腹がへって、とてもつかれていました。

　けれども、せっかく太宰府まいりに来たので、めしを食べる前におまいりに行こうと、太鼓橋をわたって、拝殿までやっとのことでつきました。そして、

「おれも、常安さまのような長者にしてください」と、よくふかなねがいをし

て、銭をとりだしました。勘右衛どんは、ためていた銭と、裏町の人たちからもらった餞別とをあわせて三百文持っていました。その銭はぜんぶ一文銭だったので、長いひもに通していました。そして、そのうちから三文だけぬいて、賽銭箱に投げこみました。ところがどうしたわけか、三文のほうを投げたつもりが、まちがえて、のこりの二百九十七文のほうを投げこんでしまいました。

「しまった。どうしよう」と、大きな声でさけびましたが、取りかえすこともできません。あきらめるほかはありませんでした。それで、餞別をくれた人たちのみやげを買うどころか、めしを食べる銭もなくなってしまいました。

(これでは、めしも食べられない)と思うと、腹はますますへるし、足もなえてしまいました。参道の両わきのどの店からも、名物の梅ヶ枝餅を焼くいいにおいがぷんぷんするし、腹の虫はきゅうきゅういうし、勘右衛どんはどうにもがまんできなくなってしまいました。

勘右衛どんは、参道のまんなかあたりで、鏡餅のような大きな梅ヶ枝餅がかざってあるのを見つけました。その下には「どれでも三文」というふだがありました。勘右衛どんが、ふらふらとその店に入っていって、

「つかぬことをきくが、梅ヶ枝餅はどれでも三文かい」とたずねると、

「そうですよ」と、店の者がいいました。勘右衛どんは、

「そしたら、ここに三文おくから、これをもらっていくよ」というより早く、かざりに出してあった、その大きな梅ヶ枝餅をさっとつかんで、店をとびだしました。店の者はおどろいて、

「お客さん、それはかざりだ。食われんよ」とさけびましたが、勘右衛どんは聞こえないふりをして、赤銅の鳥居のところまで来ました。鳥居のかげで、急いで梅ヶ枝餅に食いついたら、「ガツン」と、歯ごたえがしました。

（おかしいぞ）と思って、ようく見ると、その餅は、木型に紙をはって色をつけたものでした。勘右衛どんは、

「これはつくりものだ。きょうは朝からついていない」と、ひとりごとをいって、

なえた足で、水ばかりのんで帰らなければならなかったということです。

きょうんはなしゃこいばっかり

八朔…旧暦(きゅうれき)の八月一日のこと

産神とかっぱ

むかし、あるところに、ひとりの猟師がいました。猟師の妻は、お産の前でした。ある日、猟師は鉄ぽうをかついで山へ猟に行きましたが、えものがさっぱりとれませんでした。

（あぁ、こまったなぁ。えものがとれればよかったけれど、何もとれなかった）

と思っていると、あたりが暗くなってきたので、お堂に泊まりました。

そのばん、猟師は、産神さまのゆめをみました。産神さまは、

「きょう、何とかというところで、きれいな男の子が無事に生まれた。だけど、かわいそうなことに、かっぱが『その男の子をくれ』という。ほんとうに、かわいい男の子だったので、わたしたくはなかったけれど、かっぱが何度もたのむので、『その男の子が十五才になったときの、八月十五日に、おまえがその

男の子をとれるならやろう、とれないならやらない』と、決めてきた」といいました。

猟師は、目をさますと、

（みょうなゆめをみたなぁ。ひょっとすると、妻がお産をしているかもしれない）と、急いで帰りました。

帰ってみるとうちでは、

「おぎゃあ、おぎゃあ」と、あかんぼうが生まれていました。

「女の子か」と、猟師がきくと、

「いや、男の子」と、妻がいいました。猟師は妻に、

「ありゃ。これは、たいへんなことになった。男の子なら、十五才の八月十五日に、かっぱがこの子をとれるならやる、とれないならやらないと、産神さまが決めたゆめをみた」といいました。

むすこは、すくすく育って十五才になりました。そこで猟師は、だれにも来

てほしくなかったので、

「今年の八月十五日は、うちにはぜったい来るな。来たら、鉄ぽうでうつぞ」と、おばあさんやおじいさんや親るいに、すべて知らせました。

八月十五日になりました。猟師はむすこに、

「おまえが生まれた夜に、産神さまがかっぱとやくそくしたゆめをみた。十五才の八月十五日に、かっぱがおまえをとれるならおまえをかっぱにやる、とれないならやらないというやくそくだった。だから、きょうはぜったいに、川に行ってはいけない、山にも行ってはいけない。今から、おれが、おまえを大黒柱にしばりつけるから、がまんしてくれよ」といいました。そして、ひとたぐりのなわで、むすこを大黒柱にがんじがらめにしばって、動けないようにしました。

そこへ、親るいのおばあさんが、きれいに着かざってやってきました。猟師が、

「あれだけ来るなといったのに、なぜ来たのか」ときくと、おばあさんは、

「おまえは、来てはいけないといったけれど、来てはいけないといわれると、来たくなった。何をしているのかと気になって、来た」というが早いか、流れるあせもぬぐわずに、むすこのなわをほどいていく。あとひとまきでほどけるというとき、猟師は、だれが来てもうつと決めていたので、どうしようもなく、鉄ぽうでおばあさんをうちました。すると、おばあさんは、たちまちかっぱになりました。こうして、むすこは、かっぱにとられずにすみました。

子どもをかっぱにとられるというのは、生まれたときに産神さまが決められるそうです。

そっだけ

十五毛猫

むかし、唐津に勘右衛どんという人がいました。

唐津の大石村の大庄屋さまのやしきには、隠居さまがいました。この隠居さまは、生き物がすきで、なかでも猫をたいそうかわいがっていました。それで、隠居さまのところには、猫がなんびきもうようよしていました。

ある春の日のこと、勘右衛どんは、（隠居さまはどうしているだろう）と思って、たずねていきました。すると隠居さまは、縁側で猫をだいて、ひなたぼっこをしていました。

勘右衛どんは、

「きょうはよい日よりですね。隠居さまは元気でしたか」と、あいさつをしました。

「勘右衛どんか。お前さんも元気でなによりだ。ひさしぶりだな。話をしていかないか」と、隠居さまはあいそよくもてなしました。

　そこで勘右衛どんは縁先にこしかけて、

「隠居さまはいいご身分ですよね。極楽に住んでいるようなものですよ」と、いいました。隠居さまは猫ののどをさすりながら、

「お前さんがいうように、わたしは今が極楽だ。ほら、この猫を見てくれ。これほどいい三毛猫はそこらにはいないぞ。わたしがごちそうを食べさせているから、つやつやしているだろう」と、猫じまんを始めました。隠居さまが調子にのって猫の話ばかりするので、勘右衛どんはほとほと聞きあきて、

（隠居さまを少しばかりからかってやろう）と思いました。それで、

「ほんとうにいい三毛ですね。おれも猫はすきで、ちょくちょく猫を見てあるくけど、こんなにいい三毛は見たことありません。でもうちには十五毛猫がいるんですよ。隠居さまは、十五毛猫をごらんになったことはありますか」といいました。すると隠居さまはびっくりして、

「十五毛猫だって。ほんとうかい。わたしも猫のことはたいてい知っているが、十五毛猫というのは、はじめて聞いたぞ」といいました。勘右衛どんは、「それなら日よりもいいし、見にきませんか」と、隠居さまをさそいました。「よし、その十五毛猫を見にいこう」と、隠居さまはいって、勘右衛どんについていきました。

隠居さまは勘右衛どんの家に入ると、

「はやく十五毛猫を見せてくれ」と、さいそくしました。勘右衛どんは、「お花、お花」とよびました。すると、かまどの中から、よごれてやせこけた猫が、よろよろと出てきました。これを見た隠居さまは、

「なんだ。これはただの三毛じゃないか」と、はらをたてました。けれども勘右衛どんはとぼけて、

「もともとは三毛だったのですよ。お花はかまどの温かいところがすきで、いつでも中に入るのです。それが、つい二、三日前、まだ火がのこっているとこ

ろへ入って、毛がやけるほどやけどをしましてね。今はよろよろして、しけたすがたなのです。三毛が、や（八）けて、し（四）けているから、合わせて十五毛になるでしょう」といいました。

隠居さまはあきれて、

「こんな話にのせられたわたしもばかだった」といって、家に帰ったそうです。

きょうんはなしゃ、こいばっかり

麒麟にさらわれた子ども

　昔むかし、あるところに、ひとりの子どもがいた。その子は夜になると泣いてばかりいた。

　あるばん、その子がひどく泣いてどうしても泣きやまないので、母親が、

「お前のようにそんなに毎ばん毎ばん、泣いてばっかりいるなら、外に放りだすぞ」といった。すると、外で、

「放りだすなら、放りだせ」という声がした。ところが、母親はそれを子どもがいったのだと思って、

「そんな口答えをするなら、本当に放りだすぞ」といって、子どもを戸の外につきだして、雨戸をしめてしまった。

　はじめは外で泣き声がしていたが、そのうち声はだんだん遠ざかっていった。

母親が、（どうしたんだろう）と思って外に出てみると、そこに子どものすがたはなく、遠くの空を、麒麟が子どもを引っつかんでとんでいるのが見えた。母親は、びっくりして後を追いかけていったが、子どものすがたをとうとう見うしなってしまった。

それからというもの、母親は子どもをさがして国から国へと歩きまわり、毎日毎日泣いてばかりいたので、しまいには目が見えなくなってしまった。

いっぽう、麒麟にさらわれた子どもは、雲の上で麒麟にやしなわれていた。そこでは、一頭の馬もやしなわれていた。

ある日、麒麟がるすにしていた時のこと、その馬が子どものところにやってきていった。

「あの麒麟はお前を食おうと思ってここにつれてきたのだ。だから、にげるなら今だ。麒麟のいないうちににげだせ。ここに、蔵からとってきた打出の小槌と三つの玉がある。これを持っておれの背中に乗れ」

そうして、馬は打出の小槌と三つの玉を子どもにわたすと、自分の背中に乗せてにげだした。

まもなく、麒麟が帰ってくると、子どもも馬もいなかった。麒麟は、（これはきっとにげだしたにちがいない）と思って、後を追いかけた。

しばらくすると、馬は今にも麒麟に追いつかれそうになった。すると、馬は子どもに、

「さあ、打出の小槌を出して、おれの尻を、『千里（せんり）』といって打て」といった。

そこで、子どもがいわれた通りに、「千里」といって打つと、馬はいちどに千里をかけだした。

ところが、しばらくすると、馬はまた麒麟に追いつかれそうになった。馬は、「『万里（ばんり）』といって打て」といった。子どもがまた、「万里」といって打つと、馬は一時（いちじ）に万里をかけた。こうして、打出の小槌で千里、万里、千里、万里と打ってにげたけれども、麒麟はすぐに追いついてきた。すると、馬は、

「玉をひとつ取りだして『山、出ろ』といって投げろ」といった。子どもがその通りにすると、麒麟の前に高い山ができた。

「さあ今だ」といって、馬はいっしょうけんめいにかけた。

けれども、麒麟はその高い山もいつのまにか越して追いかけてきた。そこで、馬が、

「ふたつめの玉を『川、出ろ』といって投げろ」といったので、子どもがその通りにすると、麒麟の前に大きな川ができて、大滝のように流れだした。けれども、麒麟はまたその大きな川もわけなくわたって追いかけてきた。そこで、馬が、

「さいごの玉を『火、出ろ』といって投げろ」といったので、子どもがその通りにすると、あたり一面火の海となり、とうとう麒麟は焼けしんでしまった。

それから、子どもは、ぶじに母親のところに帰ることができた。

まごじゃどんあみ

むかし、天草のある村に、ごん吉という漁師がいました。

ある日、ごん吉は、いままで漁に使っていたあみが古くなったので、浜に出て新しいあみを縫っていました。すると、いつのまにか、ひとりのおじいさんが、ごん吉のすぐそばに立っていました。おじいさんはごん吉の仕事をじっと見ていましたが、やがて、

「なあ、漁師さんよ」と話しかけてきました。

「古いあみを新しいあみにかえるときは、このくらいでいいから、古いあみをいれて作りなさい」

おじいさんはそういいながら、両手をたたみの半分くらいに広げて見せました。けれども、ごん吉は、

「古いあみを入れて作ると、そこがやぶれて、魚はにげてしまう」と、おじいさんのいうことをききませんでした。

　しばらくして、ごん吉は、

「おじいさん、どこから来た」とたずねてみました。おじいさんは、何もいわず、ひとさし指をつきだしました。その指さすほうには、どこまでも広がる天草の海があるだけでした。ごん吉はまた、

「おじいさん、名前は」とたずねました。おじいさんは、

「まごじゃどん」と答えました。ごん吉は、どこかできいたことのある名前だと思いました。

　やがて昼になりました。今日の昼めしは、新しいあみができるおいわい、ぶちもりいわいの赤飯（せきはん）でした。ごん吉は、その赤飯を半分に分け、まごじゃどんにさしだしました。まごじゃどんは海のほうを見ながら、しずかに赤飯を食べていました。ごん吉は、まごじゃどんという名前をどこできいたのか思いだそ

うとしましたが、どうしても思いだせません。そこで、
「なあ、まごじゃどん」といってふりむきました。ところが、そこにはもうまごじゃどんの姿はなく、ちゃわんとはしが、きれいにならべておいてありました。
「みょうなこともあるな」とつぶやきながら、ごん吉はまたあみを縫いはじめました。そして、とうとう最後まで古いあみを入れずに、新しいあみを作りあげました。

つぎの日、ごん吉は新しいあみをもって、漁に出ました。すると、海の色がまっ黒になるほど、たくさんの魚がいました。ごん吉はいそいであみをいれました。あみはたくさんの魚をすっぽりつつみました。

ごん吉は力をこめてあみを引きあげようとしました。ところが、あみに魚が入りすぎて、重くて引きあげることができません。あみの中の魚も、にげだそうとして必死であばれています。ごん吉は、長い間、引っぱりつづけました。けれども、とうとう力がつきて、にぎっていたあみをはなしてしまいました。

あみは、何百という魚といっしょに深い海の中にしずんでいきました。

ごん吉は、舟の上にすわりこんでしまいました。しばらくのあいだ、ごん吉は、ぼんやりとあみのしずんでいった海を見ていました。そのとき、いっぴきの魚が舟のまわりをゆっくりと泳いでいるのに気がつきました。すくいあげてみると、その魚はこのしろでした。そのこのしろは、少しおなかがふくらんでいました。ごん吉がふしぎに思っておなかをさいてみると、中からあずきが出てきました。それは、きのうまごじゃどんに出した、ぶちもりいわいの赤飯のあずきでした。

そのとき、ごん吉は思いだしました。

(そうだ。おれが子どものころ、うちのじいさんからきいたことがある。まごじゃどんとは、海の神さまのことだった。きのうまごじゃどんは、おれに漁のやり方を教えにきたんだ。古いあみを入れて新しいのを作ると、魚が入りすぎても、そこからあみがやぶれて、魚は逃げる。けれども、あみ全部を取られることは

ないからな）

ごん吉は、このしろをそっと海にかえしてやりました。このしろは、ピョンとはねると、あみのしずんだ深い海の中に泳いでいきました。ごん吉は、海に手をあわせると、頭を深くさげました。

「これからは、自分が食べる分だけの魚を取るようにしよう。うーどりするよか、こどりしよう」

ごん吉は、そういうと、力強くろをこいで村へもどっていきました。

それからというもの、この村では新しいあみを作るときは、かならず古いあみを入れて作るようになりました。そして、このあみは、まごじゃどんあみと、よばれるようになりました。

いまでも、まごじゃどんあみで漁をすると、あみの中にはあずきがひとつぶ入っているそうです。

ぶちもりいわい…漁網（ぎょもう）を縫（ぬ）いあげたときに大漁（たいりょう）を祈願（きがん）するお祝い

うーどり…大獲（おおど）り

こどり…小獲（こど）り

傘張りの天のぼり

むかし、阿蘇のある村に万平という人がいました。毎日傘を張ってくらしをたてていたので、傘張り万平とよばれていました。

ある日、万平は傘を仕上げて、戸口の外に干していました。そのとき、風がピューーッとふいてきて、傘をふきとばしました。万平は、

「こまったくされ風」と、ひとりごとをいいながら、その傘を拾って干しなおしました。すると、こんどは強い風がふいてきて、傘は空にまいあがり、どこに飛んでいったかわからなくなりました。万平は、

「ええくそ」と舌打ちして、

（こんどこそどんな風がふいても放すものか）と、つぎの傘はしっかりにぎって干していました。ところが、もっと強い風がふいてきました。万平は傘をしっ

かりにぎっていたので、傘もろとも天高くまいあがり、雲の上の雷（かみなり）の家までふきとばされてしまいました。そこへ雷が出てきて、

「おい万平、おれがおまえをふきあげたんだぞ。おまえは今からおれの弟子になって働け。さもないとつきおとすぞ」といいました。そこで、万平はしかたなく、雷の家で奉公（ほうこう）することにしました。雷は、

「こら、万平。おれのいうとおりにしろ。おれがこの刀をふるると、ピカピカッと稲光（いなびかり）になる。この太鼓（たいこ）をたたくと、ゴロゴロッと音がなる。その時、おまえはこの桶（おけ）の水をふりまけ。しっかり抱（かか）えていないと、取りおとすぞ」といって、大きな桶をつきだしました。万平が桶を受けとると、いきなりピカピカッと光り、ゴロゴロッとなったので、万平は、おどろいて桶を取りおとしてしまいました。雷は、

「この根性（こんじょう）なし。こんな音ぐらいでおどろく奴（やつ）があるか」と、どなりました。

そこで、万平は、

（こんどはぜったいに落とさないぞ）と、桶を抱えなおしました。けれども、そのとたんに前よりはげしくピカピカッと光り、ゴロゴロッとなったので、万平はまた桶を取りおとしてしまいました。雷は、

「こんど落としたら、おまえを地上に蹴落とすぞ」と、どなりちらしました。

　万平は必死になって桶を抱えていました。けれど、ものすごい稲妻と雷鳴にびっくりして、またもや桶を取りおとしてしまいました。雷はまっかになっておこり、万平を雲の上から蹴落としました。

　万平はぶらぶらと落ちてきて、ドシーンと地面に落ち、お尻や腰を強く打ちました。あたりを見まわすと、そこは一面の草原で、自分がどこにいるのだかさっぱりわかりません。万平は起きあがろうとして、近くにはえていた草をつかんで引っぱりました。そのとき、

「何をするの」という声が聞こえました。万平が目をあけてみると、今までのことはみんな夢で、手で引っぱっていたのは、おかみさんのかみの毛でしたとさ。

かっぱつり

むかし、月瀬(つきせ)村に源九郎(げんくろう)という男がいました。源九郎は、たいそう智恵(ちえ)のはたらく人でしたが、貧乏(びんぼう)でした。

ある年の師走(しわす)、源九郎はだんなさんからかりたお金をどうしても返せませんでした。こまった源九郎は、

(ひとつだんなさんをだましてやれ)と思いました。

それで、だんなさんのところに行って、

「だんなさん、わたしはいま、見世物(みせもの)小屋から、かっぱをいっぴきつかまえてくれとたのまれているんです。でもかっぱを釣(つ)るには赤身くじらが一貫目(いっかんめ)ほどいるんです。ひとつ赤身くじらを買ってくれませんか。かっぱが釣れたら、かりたお金に利子(りし)もつけてお返しします」といいました。

だんなさんはよくばりだったので、

「そんなことなら買ってやろう。そのかわり、かっぱ釣りなんか見たことがないから、いっしょにつれてっておくれ」といいました。源九郎は、

（いっしょについてこられちゃあかなわないなあ）と思いましたが、しかたがないので、

「それならつれていってあげましょう。でも、かっぱはとても耳のいいやつだから、けっして声を出さないでくださいよ」といいました。

源九郎はだんなさんに赤身くじらを一貫目買わせました。

夕ぐれどきに川に着くと、源九郎は、

「だんなさんはここの竹やぶの中にしゃがんでてください。かっぱがにげるので、声を出さないでくださいよ」といいました。だんなさんは、

「わかった、わかった。いちど聞いたことはわすれるものか」といって、竹やぶの中にしゃがみました。

源九郎は赤身くじらを尻（しり）にしばりつけるふりをして、ふところにしまうと、尻だけ川につけました。

いつまでたってもかっぱが釣れないので、だんなさんはたいくつして、

「源九郎、まだか」と、大きな声でいいました。源九郎は、

「ああっ、にげた。あれだけいったのに大きな声を出すから。もう少しだったのに」といって、はらをたててみせました。だんなさんはもうしわけなく思って、

「それなら、もう一回やりなおせばいい。こんどはぜったい声を出さないから」

といいました。すると源九郎は、

「それができないんです。かっぱは一年に一回しか釣れないんですから。この赤身くじらはお返ししますよ」といいました。

「なんでおまえが尻につけたものを返してもらうものか。おまえにやる」といって、だんなさんはさっさと帰っていきましたとさ。

ともうすかっちり

再話　第二期宮崎昔ばなし大学再話コース

本文中に、ひらがな表記に音引きを使用している箇所がありますが、これは、土地言葉を文字にする際に、よりその音に近い表記にするために使用しています

ひょうすんぼとの約束（やくそく）

昔むかし、北川という村に深瀬（ふかせ）という地区があって、年松（としまつ）じいさんというおじいさんがおらいたげな。

ある寒い夜、地区の寄（よ）り合いがあるので、区長どんの家に、村人はみんな集まったそうな。隣（となり）に行くにも、二十分も三十分も歩いていかんならんような、いなかのことじゃった。

話し合いもすんで帰り道のこと、酒を飲んだ年松じいさんが、川ん端（ばた）ん藪（やぶ）んそばの細い道を歩いちょると、下の淵（ふち）からひょうすんぼがあらわれて、

「じいさん、じいさん、おれと相撲（すもう）をとろや」といった。じいさんは、酔（よ）っていてもしっかりしちょった。ひょうすんぼは、尻（しり）のあなから肝（きも）を引きぬくと聞

いていたので、

（今夜相撲を取ったらおれが負ける。こりゃ、かかり合うたらたいへんなこつになる）と思った。そこで、

「牛ん仔が生まるっかい、今夜は急いで帰らんといかん。あすの晩はかならず来っかい」というた。

「ようし、約束じゃ」というなり、ひょうすんぼは川の中にドボンと消えていった。ひょうすんぼは水神さまのお遣いで、約束したことは必ず守るといわれちょった。

　あくる晩、年松じいさんはお酒を一升買って、橋の上からドボドボと注いで、

「お水神さん、お水神さん、お神酒をさしあげます」というて、一升瓶のお酒を全部あげてしまったそうな。それから、ゆうべ約束した藪のそばの淵に行って、

「おーい、ひょうすんぼどん。おりゃ年松じゃが、約束どおり来たぞ。相撲を取ろや」と、大声でおらぶと、淵からひょうすんぼが首だけ出して、こういうた。

「年松じいさん、あんたがお神酒をえらいようけあげちくれたかい、おれは今夜相撲はようとらん」

年松じいさんは、

「よし、そんならおれの勝ちというこつじゃな。じゃったら、おれの話を聞いちくり。今かいは、ここを誰が通ってん、相撲をとろうちいうたり、子どもが川遊びしちょっ時、尻から肝を引きぬいたりせん、と約束しちくり。そんかわり、五月の節句(せっく)には相撲をとってみすっかい」というと、ひょうすんぼは、

「わかった、約束じゃ。そんかわり、お酒をわすれんごつしちくんね」といって、川の中へ帰っていった。それからは、川でおぼれる人もなく、安心して毎日を送れるようになったげな。

この地区では、今でん五月五日には川原(かわら)に土俵(どひょう)を作り、子ども相撲で始まり、大人も相撲をとって、水神さまや川にお神酒をあげ、一年の無事(ぶじ)を祈(いの)っている。

ともうすかっちり

きつね退治（共通語）

昔むかし、吉田郷のおく深い山の中にしずかな村がありました。村人たちは、何不自由なくしあわせにくらしていました。

ところがある時、村にそうどうが起こりました。村人がかっている鶏がぬすまれるようになったのです。鶏は高いお金で売れたので、村人は祝い事いがいには口にもせず、だいじに育てていました。やがて、鶏をぬすんでいたのはきつねであることがわかりました。

庄屋さんは、「だれかきつねを退治してくれる者はいないか」とおふれを出しました。村人たちは、きつねの足をくくるわなや、生けどりにする箱などをしかけましたが、なかなかきつねをつかまえることができませんでした。

庄屋さんはしびれを切らして、「きつねをいっぺんに退治してくれた者には、ほうびを出す」というおふれを、また出しました。

この村に、ひとりの若者がいました。その若者はまずしいけれどはたらき者で、とんちのきくひょうきん者でした。若者は庄屋さんのところへ行き、

「あした、わたしが、いっぺんに退治してあげましょう」と、やくそくして帰りました。村人たちはそれ聞いて、

「そんなことができるものか」とわらいました。

そのばんは、雲ひとつなく、とても寒いばんでした。若者は、山おくにはいって行きました。そして、

「おおい、きつねどん。わなをしかけてあるので鶏はとれないぞ。でもな、池には大きな鯉がたくさんいる。夜明けまでしっぽを池の中につけておけばかならず大きな鯉がとれるが、いっぴきにひきでやってもだめだ。千びきじゃないととれない。だけどな、そんなことをされてはこまる。そんなことはしないでくれよ」と、なんどもなんども大声でさけんでまわりました。

あくる朝、若者が村人たちといっしょに池に行ってみると、なんと池のまわりには、ずらりときつねがならび、しっぽを池の中に入れて、張りつめた氷で動けなくなっていました。数えてみたら千びきでしたが、なかのいっぴきはたぬきでした。

庄屋さんは、若者にたくさんのほうびをあたえました。そして、村にはまたしずかなくらしがもどりました。

きつね退治（土地言葉　宮崎）

昔むかし、吉田郷のおく深い山ん中にしずかな村があったとよ。村ん人たちゃ、何の不自由もねして幸せに住んじょったっちゃが。

そしたらよ、ある時村にもめごつが起こったっちゃわ。村ん人がかっちょる鶏がぬすまるっごつなったっと。鶏はたけぇ金で売るっかい、村ん人は祝い事んほかにゃ口んせんで、だいじにやしのうちょったとよ。そんうち、鶏をぬすんじょったとはきつねてわかったとよ。

庄屋さんは、だいかきつねを退治してくるっとはおらんか、おふれをだしやったが。村ん人たちゃ、きつねん足をしばるわなや、生けどりんする箱やらをしかけたっちゃけんどん、なかなかきつねをつかまえるこつができんかったたっちゃわ。

庄屋さんはしびれん切らして、

「きつねをいっぺんに退治してくれたもんにゃ、ほうびを出す」というおふれを、まただっしゃったたっと。


こん村ん、ひとりん若者がおったとよ。そん若者はびんぼうじゃったけんどんはたらきもんで、とんちんきくひょうきんたれやったたっちゃが。若者は庄屋さんとこんいって、

「あした、おれが、いっぺんに退治してきちゃるわ」と、やくそくして帰ったたっと。村ん人たちゃ、そいを聞いて、

「そんげなこつがでくっかぁ」とわろたとよ。


そんばんは、雲ひとつねしてかい、てげにゃさみぃばんやった。若者は、山んおくんはいって行ったとよ。そいかい、

「おーい、きつねどん。わなを仕かけちょっかい鶏はとれんとぞ。じゃけんどん、池にゃふてぇ鯉がてげにゃおっとよ。夜明けまでしっぽを池んなかんつけ

ちょったら、かならずふてぇ鯉がとれるっちゃけんどん、いっぴきにひきでしてんだめじゃが。千びきじゃねえととれんとよ。じゃけんどん、そんげなこつしてもろたらこまっとよな。そんげなこつはせんでくんないよ」と、なんどんなんどんふてぇ声でおらんでまわったっと。

つぎん朝、若者（わけもん）が村ん人たっといっしょん池ん行ってみっと、なんと池んまわりにゃ、ずらっつきつねがならんじょって、しっぽを池ん中ん入れち、びしっと張りつめた氷で動けんごつなっちょった。数えてみたら千びきおったっちゃけんどん、そん中んいっぴきはたぬきやった。

庄屋さんは、若者（わけもん）にてげにゃほうびをやりやった。そいかい、村にゃ、またしずかなくらしがもどったっと。

蜂と鈴（共通語）

昔むかし、あるところにひとりの娘がいた。その娘は、ある若者をすきになり、いっしょになって尾鈴山へにげていった。そして、炭焼きをしてふたりでくらしておった。

ある日のこと、娘が山のなかを歩いていると、木の枝にきらきらと光る金の鈴が下がっていた。娘は、

（みごとな金の鈴があるが。あれは尾鈴山の宝物にちがいない）と思った。その日は金の鈴をそのままにして、家に帰った。

娘は家に帰ると、金の鈴のことをとなりの人に話し、

「わたしはあしたにでも、もういちど山へ行って、その宝物を持ってかえるつもりです」といった。となりの人は、

「よし、おれが今夜のうちに、金の鈴をとってこにゃならん」とつぶやいて、こっそり尾鈴山へのぼっていった。そして娘のいった場所に行ってみると、木の枝に金の鈴が光っていた。となりの人は、

「しめしめ。あれにちがいない」と、にたにたわらいながら、さっそく金の鈴をにぎりしめた。ところが、びっくりぎょうてん。金の鈴と思ったのはくま蜂(ばち)の巣(す)だった。となりの人は、くま蜂に手や顔をさされて、

「ああ、いたた、いたた。こりゃ、たまらん、たまらん」と、大声をあげてにげまわった。となりの人はぷんぷんおこって、

「なんということっちゃ。金の鈴は蜂の巣じゃねえか。あの娘はおれにうそをいうたが」といった。そして、くま蜂の巣を山から持ってかえり、娘の家の戸口にこっそりさげておいた。となりの人は、

「おまえも、あすの朝は蜂にさされるといいが」といって、自分の家に帰った。

　あくる朝、娘は家の戸をあけると、

「あっ」と、声をあげた。目のまえに、きらきらとかがやく金の鈴がさがっていた。

娘は、

「ふしぎなことよ。山のなかにあった金の鈴が家の戸口まできてるが」といって、この金の鈴を自分の家の宝物とした。それからというもの、娘と若者はしあわせにくらした。

なんでも、運（うん）のあるものには、向こうから運がころげこんでくる、運のないものには、蜂に化けてでもにげていくげな。

蜂と鈴（土地言葉　宮崎）

昔むかし、あるとこん、ひとりん娘がおったっと。そん娘は、ある若者をすきになって尾鈴山んいって、炭焼きをしてふたりでくらしちょったっと。

ある日んこと、娘が山んなか歩いていっちょると、木ん枝んきらんきらん光っちょる金の鈴が下がっちょった。娘は、

（まこちりっぱん金の鈴があるがあ。あれは、こん尾鈴山ん宝物にちがわんわ）

と思うた。そん日は金の鈴をそんままんして、家にもどったっと。

娘は家ん帰ってかい、金の鈴のこつをとなりん人にも話したっと。

「うちはあしたんでも、もういっぺん山ん行って、そん宝物を持ってかえるつもりじゃ」ちゆうたっと。となりん人は、

（よっしゃ、おれが今夜んうちん、金の鈴をとってこにゃならん）と、こんめ

ええこえでいって、こっそり尾鈴山んのぼっていったっと。そしたら、娘んいうたとおり、木ん枝に金の鈴が光っちょった。となりん人は、

「じゃあじゃあ。あれにまちがいないが」と、にたんにたんわらいながら、金の鈴をひっつかんだっと。はあ、ひったまげた。金の鈴と思っちょったとは、くま蜂(ばち)の巣(す)じゃったっと。となりん人は、くま蜂に手やら顔やらさされち、

「ああ、いてえ。わあ、たまらん、たまらん」と、太声(ふてえ)をあげてにげまわったっと。となりん人はてげえはらかいて、

「なんちゅうこっちゃ。あん娘(こ)は、おれにうそいうたがあ。金の鈴は蜂ん巣じゃねえかあ」ちゆうたっと。そして、くま蜂ん巣を持っちかえり、娘(むすめ)ん家(げ)の戸口に、こそぉっと下げておいちょった。

「あんたも、あしたん朝、蜂んささるるっといっちゃがぁ」ちゆうて、自分ん家(ち)にひんもどっていった。

あくるん朝、娘は家ん戸をあくっと、

「あああっ」とおらんだ。目んまえには、きらんきらんひかっちょる、金の鈴が下がっちょった。娘は、

「どうしたっちゃろかあ。山んなかんあった金の鈴が家（うちんげ）戸口んところまできちょるが」とゆうて、こん金の鈴を自分家（げ）の宝物（たからもん）にしたっと。そんときから、娘と若者は、しあわせにくらしたっと。

なんでん、のさったもん〈うんのあるもの〉には、いいもんがむこんほうからかってにくるが、のさらんもんには、蜂に化けてでんにげていくっと。

湖水ヶ池（共通語）

日向の国、富田のはまの近くに日置、六反田から岩脇にかけて、広くて大きなぬま池があります。その名を湖水ヶ池といいます。この湖水ヶ池には、次のような話がつたえられています。

むかし、天明のころ、この池のほとりに太兵衛とお鶴という親子がすんでいました。家はびんぼうでしたが、ふたりは幸せにくらしていました。お鶴はだんだん大きくなり、気だてのいいむすめになりました。

ある朝、太兵衛はお鶴のはいているぞうりがぬれているのに気がつきました。次の朝も、その次の朝も、お鶴のはいているぞうりはぬれているのです。太兵衛は、（おかしいこともあるもんだ）と思いました。

それから何日かたったある日の夕方、お鶴が、

「せんたくをしてくる」といって、池に下りていきました。けれども、暗くなっても帰ってこないので、太兵衛はお鶴をよびにいきました。せんたくものはあらいもしないで土手においてありましたが、お鶴のすがたはどこにも見当たりません。太兵衛は大声で、

「お鶴、お鶴」と、何度もよんでみました。すると、風もふかないのに、はすの葉がゆらゆらゆれ動いて波立ちました。そして水の中からかみをみだしたお鶴がひょっこりあらわれ、だまったまま悲しい顔で太兵衛を見つめました。太兵衛はびっくりして、

「どうしたんだ。お鶴、早くこっちへこい」とさけびました。けれどもお鶴は返事もせず、また水の中へと消えてしまいました。太兵衛がくるったように、

「お鶴、お鶴。もう一度すがたを見せてくれ」とさけぶと、池の水がはげしく波立ち、大蛇（だいじゃ）があらわれました。声もなく見つめる太兵衛に、わかれをおしむかのように、大蛇は、ゆっくり水の中へ消えてゆきました。太兵衛は、

「ああ、もう、あの子を見ることはできなくなった」といって、なげき悲しみました。

このことがあってから、子見ずの池の名がおこり、後に湖水ヶ池というようになったということです。

湖水ヶ池（土地言葉　宮崎県児湯郡）

日向ん国、富田んはまんねきん、日置、六反田かい岩脇んかけち、ひりしてごぎなーぬま池があっとよ。そん名を湖水ヶ池ていうとじゃわ。こん湖水ヶ池にゃ、こんげな話がつたえられちょっとじゃげな。

むかし、天明んころ、こん池んねきん太兵衛とお鶴っちゅう親子がすんじょったげな。家はびんぼうじゃったけんどん、ふたりゃ幸せにくらしちょったげな。お鶴はだんだんふてなって、気だてんいいむすめんなったっちゃげな。

ある朝、太兵衛はお鶴のはいちょるぞうりがぬれちょっとん気がついたつよ。次ん朝も、そん次ん朝も、お鶴んはいちょるぞうりはぬれちょったげな。太兵衛は、（おかしかこつもあるもんじゃ）ち思たげな。

そりかい何日かたったある日んばんげ、お鶴がせんたくちゅうて、池しね下りて行ったっちゃげな。じゃけんどん、暗れなっててん帰ってこんむんじゃかい、太兵衛はお鶴をよびんいったっちゃげな。せんたくむんはあらいもせんじ土手においちゃったけんどん、お鶴んすがたはどこん見当たらん。太兵衛はおっけな声で、

「お鶴、お鶴」と、何べんもおらんだげな。したら、風もふかんとん、はすん葉がゆらゆらゆれ動いち波立ったげな。そしち水ん中かい、かみんけをみだしたお鶴がひょっこり出ちきち、じーっしたまんま悲しい顔じ太兵衛を見つめたっと。太兵衛はひったまがって、

「どんげしたっか。お鶴、はようこっちんこんか」ちおらんだげな。でん、お鶴は返事もせんじ、また水ん中ん消えたっと。太兵衛がくるたごつ、

「お鶴、お鶴。もっぺんすがたを見せちくれんか」ちおらぶと、池ん水がはげしく波立ち、大蛇(だいじゃ)が出っきたっと。声も出さんでじーっ見ちょる太兵衛ん、わかれをおしむかんごつ、大蛇はゆっくり水ん中ん消えちいったっちゃげな。

太兵衛は、

「ああ、もう、あん子を見るこつはでけん」ちゅうて、なげき悲しんだげな。

こんこつがあってかい、子見ずん池ん名がでけて、後かい湖水ヶ池ちゅうごつなったたっちゃげな。

庄屋どんと御池の龍（共通語）

昔むかし、霧島の山のふもとに、とても欲ばりな庄屋どんがいました。庄屋どんは、人から物を買う時は安くさせ、自分の物を売る時は高い値で売りつけ、こまった人やまずしい人にお金をかしては高い利子をとっていたので、大変な金持ちになり、何不自由なくくらしていました。けれどもひとつだけ心配なことがありました。ひとりむすめの体が弱く、どんな医者にかかってもなおらず、どんな薬を飲ましてもよくならないのです。

ある時、庄屋どんは、霧島の山の奥にどんなねがいごとでもかなえる行者どんがいると聞き、朝早く家をでました。夕方、御池のほとりを通りかかったとき、ザーッと水音がしました。庄屋どんがこわごわ見てみると、龍が頭を出し、あわれな声で、

「庄屋どんは行者どんのところに行かれるのでしょう。わたしのこともたずねてみてくださいませんか。龍も千年たてば出世(しゅっせ)をして天にのぼれるというのに、わたしはこの池に千年以上(いじょう)もおりますがいっこうに出世ができません。そのわけをきいてきてください。どうかたのみます」といいました。

　それから庄屋どんは七つの尾根(おね)をこえ、七つの谷をわたり、やっと行者どんに会うことができました。ところが、行者どんは高いがけの上にすわり、目をつぶって手を組んだまま、庄屋どんを見もしませんでした。待ちかねた庄屋どんがねがいごとをしようとしたとき、行者どんは、

「むすめは病気ではない。飲み薬もつける薬もいらん。お前が欲張りをやめれば、元気になる。御池の龍も同じこと、欲をなくせば出世する」といったきり、あとはなにもいいませんでした。これを聞いた庄屋どんは、（本当だろうか）と思いながら、また御池にもどってきました。龍に、

「なんといわれましたか」ときかれたので、庄屋どんは行者どんにいわれたま

まを話しました。庄屋どんの言葉がまだ終わらないうち龍は池の中に入っていきました。しばらくして五色(ごしき)に光る宝珠(ほうじゅ)を持ってあがってきて、錫杖院(しゃくじょういん)にさしあげました。

するとと天から五色の雨がふり、龍はみるみるうちに天にのぼっていきました。

庄屋どんはこれを見て、

(行者どんがいわれたことは本当だった。これからは自分をあらためよう)と、心から思いました。

家に帰ってみると、むすめはとても元気になっていました。

それからというもの庄屋どんは人を助け、だれいうともなく、「仏(ほとけ)庄屋どん」とよばれるようになったということです。

宝珠…頭がとがって火のもえる形をした玉
錫杖院…霧島東神社(きりしまひがしじんじゃ)

庄屋どんと御池ん龍（土地言葉 宮崎県都城）

むかひむかひ、霧島ん山ん麓ん、じょじょん〈とても〉欲ごろん庄屋どんがおったげな。庄屋どんな、人かい物を買うときゃ安させっ、自分が物を売っときゃ高売いつけ、こまっちょい人やら貧乏人に銭をかしちゃ高利子をとっ、ごごしぃ〈たいへんな〉ぶげんしゃどんにないやったげな。じゃっどん、ひとつ考ご〈心配なこと〉っがあったげな。ひといむひめんごて〈体〉が弱せぇ、どげな医者どんにかかってん良かんならん、どげな薬を飲ましてん良かならんかったげな。

そんうち、庄屋どんな霧島ん山ん奥に、どげなねがいごっでんかなゆい行者どんがおっつ聞せぇ、朝んめはよう、家をでやったげな。晩方御池んはたをとおいかかったとっ、ザーッち水の音がしたげな。庄屋どんなおずおず見っみっ

と、龍が頭を出せっせぇ、ぐらしか〈あわれな〉声で、

「庄屋どんな行者どんのとこい、行っきゃいもひたろう。あたひがこっもたっねっみっくいやさんか。龍も千年たっしもえば出世しっせぇ天にのぼいがなっちゅうとに、あたひはこん池ん千年以上もおいもひが、いっこう出世できもはん。そんわけをきっくいやさんか。どげんかたのんみやげもす」ちいやったげな。

そいかい庄屋どんな七っの尾根をこえっせぇ、七っの谷をわたっせぇ、やっとかっと行者どんに会うこっができたげな。とこいが、行者どんな高崖ん上っすわっせぇ、目をつぶっ手を組ん、庄屋どんぬ見もせんがったげな。待っかねた庄屋どんな、ねげごつすっちしたとっ、行者どんな、

「むひめは病気じゃね。飲ん薬もつけ薬もいらん。わいが欲を出さんな良かふんないが。御池ん龍もひとっこって、欲っを出さんな出世すいが」ちいったっきぃ何もいわんかったげな。

こいを聞いた庄屋どんな、（まこっじゃろかい）ち思いながい、御池んもどっ

きたげな。龍が「なんちいわひもひたか」ちたんねたかい、庄屋どんな行者どんがいやったとおいいやったげな。すっと庄屋どんのゆうこっがまだ終わらんうち、龍は池んなかん入いったげな。いっとっしたら五色に光い宝珠を持っあがっきっせぇ、錫上院にさしあげやったげな。すっと天かい五色の雨がふっせぇ、龍はみぃみぃうっ天にのぼっいったげな。庄屋どんなこいを見っせぇ、(行者どんがゆやったこたぁまこっじゃった。こいかいはよか人間にならんないかん)ち、心かい考いこっじゃったげな。

家に帰っみっと、むひめはまこち良かふいなっちょったげな。そいかいちゅうもん庄屋どんな人を助け、だいがっちゅうこっもねっせぇ、「仏庄屋どん」ちよばるいごっないやしたげな。

大源谷の古狸（共通語）

島津、大友両軍の激戦場の跡、根白坂を見あげる谷は、大源谷とよばれています。

昔むかし、大源谷の穴深いところに、いっぴきの大きな古狸が住んでいました。里の人たちは、このたぬきを大源狸とよんでいました。大源狸は人を化かすより人に化けるのがとくいでした。

ある日、春の陽気にうかれでた大源狸は、何か悪さがしたくなりました。ちょうどそこへ、下のほうからひとりの娘が登ってくるのが見えました。大源狸は、

「よし、あの娘に化けてやるか」といって、娘そっくりに化けました。そこにやって来た娘は、

「あなたはだれ、どこかで見たような気がするが。ああっ」と、びっくりぎょ

うてんしました。それは、水かがみにうつして見た自分の顔にそっくりで、着ている着物まで同じでした。

　大源狸はにゃっとわらい、

「わたしは、この先の陣（じん）の内（うち）から、わらび取りにきたの。あなたは何しに来たの」

と、すましてききました。娘は、

「おっかさんが病気でねているものだから、せんぶりを取りにきたのよ」と答えました。娘に化けた大源狸は、

「せんぶりはこんな谷にはありませんよ。それより、これが一番ききますよ。うちのおとっさんは年中せんじて飲んでいますよ」と、だましてどくだみを指さしました。娘は、

「へええ、知らなかった。そんなにきくの」と、よろこんで、どくだみをつかんだとたん、

「くさいっ」と、思わずその手を引っこめました。

「薬草はくさいほど、よくききますよ」と、大源狸はどこまでも親切なふりをしてすすめました。娘は、

「そんなにいうのなら取ってかえります。ありがとう」といって、どくだみを取って家に帰っていきました。

　大源狸はにゃっとわらい、おっかさんがどくだみを飲んで苦しむところが見たくなりました。そこで、大源狸は帰っていく娘のあとをつけ、家の中のようすをうかがいました。家の中では娘が、

「おっかさん、せんぶりよりよくきくという薬草を、親切な人が教えてくれたよ。まだ痛む」ときくと、おっかさんは、

「うん、まだおなかが痛くてきりきりする。はやく飲ませておくれ」といいました。娘はどくだみをせんじて、そのしるをおっかさんにわたしました。おっかさんは、

「これはくさい、こんなものがきくのかね」といいました。大源狸は家の外で、

はやく飲め、はやく飲めと、おっかさんが飲んで苦しむのをまっていました。

いっぽう、娘のほうは、

「わたしにそっくりの人が、よくきくといってたから、はやく飲んでよ」といいました。

おっかさんは、ひとくち飲んでは顔をしかめ、ふたくち飲んでは顔をしかめて、やっとのことでぜんぶ飲みほしました。そして娘が、

「どう、まだ痛い」ときくと、おっかさんは、

「いいや、あれを飲んだら、おなかがすっとして痛みがとれたよ」と、うれしそうです。

「ああ、よかったね」と、ふたりは手を取りあってよろこびました。

おっかさんが苦しむのを見たかった大源狸は、あてがはずれてがっかりしました。けれども大源狸は、

「まあ、いいか。たまにはいいこともしないと、お天とうさまのばちがあたる

から」といって、はらをなでながら、大源谷へと帰っていきました。

ともうすかっちり　こめんだご

現在、どくだみは薬草として重宝されているが、昔は牛馬に食べさせてはいけない毒草として嫌われていた

大源谷の古狸（土地言葉　宮崎県児湯郡）

島津、大友両軍の激戦場の跡、根白坂を見上げる谷は、大源谷とよばれちょっとと。

昔むかし、大源谷の穴ん深えとこん、いっぴきのふてえ古狸が住んじょったげな。里ん人たちは、こんたぬきんこつを大源狸ち、よんじょったっと。大源狸は人を化かすよっか、人に化くっとがうめえかったげな。

ある日んこつ、春ん陽気にうかれ出ち、大源狸は何か悪さがしとうなったげな。ちょうどそこん下ん方かり、ひとりん娘んこが登っちくっとが見えたっと。

大源狸は、

「よし、あん娘んこに化けちゃっか」ちいうち、娘んこんごつ化けたげな。そこんやっち来た娘んこは、

「あんただれね、どっかじ見たよな気がするが。あーっ」ち、ひったまがったっと。そいは、水かがみんうつしち見ためんめん顔んそっくいでよ、着ちょる着物(きもん)まじ同じじゃったげな。大源狸はにゃっちわろちかい、

「わたしゃ、こん先ん陣(じん)の内(うち)かいわらび取りん来たっちゃが。あんた何しに来たつね」ち、しれっちきいたっと。娘んこは、

「おっかさんが病気でねちょるもんじゃかい、せんぷり取りん来たつよ」ちいうたげな。

　娘んこんばけた大源狸は、

「せんぷりはこんげな谷にゃあろかよ。それよっか、こりが一番きくとじゃが。うちんおとっさんは年中せんじてのんじょりやるよ」ち、だまくらけち、どくだみを指さしたっと。娘んこは、

「へぇえ、知らんかった。そんげきくとね」ち、よろこんじ、どくだみをひっつかんだっと。

そしちかい、あわてち、

「くっせぇ」ち、そん手を引っこめたっと。

「薬草はくせえほじ、ようきくとじゃが」ち、大源狸はどこまじも親切ごかしにすすめたげな。娘んこは、

「そんげゆうとなら取っち帰るわ、おおきん」ちいうち、どくだみを取っち家ん帰ったげな。

大源狸はにゃっちわろちかい、おっかさんがどくだみを飲んじ苦しむとこが見てえなったげな。そりかい、大源狸は帰っちいく娘んこんあとをつけち、家ん中をのぞいたっと。

家ん中じゃ娘んこが、

「おっかさん、せんぷりよかようきくちゅう薬草を、親切な人かり教えちもろうたつよ。まだいての」ちきくと、おっかさんは、

「うん、はらがいとうしてきりきりしよる。はよ飲ませっくれんか」ちいうた

げな。娘んこはどくだみをせんじち、そんしゅるをおっかさんにわたしたっと。おっかさんは、

「こりゃ、くせえ、こんげなもんがきくっとじゃろか」ちいうたげな。大源狸は家ん外じ、はよう飲め、はよう飲めち、おっかさんが飲んじ苦しむのをまっちょったげな。

　いっぽう、娘んこは、

「わたしんそっくりん人がようきくちいうとったかり、はよう飲みゃい」ちいうたっと。おっかさんは、ひとくち飲んじゃ顔をしかめ、ふたくち飲んじゃ顔をしかめち、やっとんこつでぼうど飲んじしもたっと。そしち娘んこが、

「どんげの、まだいてえの」ちきくと、おっかさんは、

「うんにゃあ、ありゅを飲んだら、はらがぺさっとしていたみがとれたばい」ちいうたげな。

「そりゃあ、いかったのう」ち、ふたりは手をとりあっちよろこうたげな。

おっかさんが苦しむのを見てかった大源狸は、あてがはずれちがっかりしたっと。

じゃけんどん大源狸は、

「まあ、いいか。たまにゃいいこつもせんと、お天とうさまんばちがあたるばい」

ちいうち、はらをなぜながら、大源谷へち帰っちいったげな。

ともうすかっちり　こめんだご

猿かに合戦（共通語）

昔むかしあるところに、猿どんとかにどんが住んでいました。

ある朝、かにどんは山の坂道をよちよち登っていきました。すると山の上からにぎりめしがころりん、ころりんと転がってきました。かにどんはそのうまそうなにぎりめしをかかえて、また坂道を登っていきました。

かにどんは山のてっぺんで猿どんに会いました。猿どんはかにどんのにぎりめしを見るとほしくなって、

「かにどん。そのにぎりめしとこの柿の種を取りかえこっしよう」といいました。

するとかにどんが、

「いやだ。いやだ」といったので、猿どんはおこって、

「取りかえっこしないなら、このげんこつでぶんなぐるぞ」と、おどしました。

そしてむりやり柿の種とにぎりめしを取りかえました。猿どんはそのにぎりめしを、うまい、うまいといって、すぐに食べてしまいました。

にぎりめしを取られたかにどんは、ひとつぶの柿の種を大事に持って、山をかけおりて帰りました。それからかにどんは、息子のがに太郎をよんで、いっしょに庭の真ん中に柿の種をうめました。かにどんとがに太郎が、

「早く芽を出せ、柿の種。出さんとはさみでちょんぎるぞ」といったので、柿の種は、夜の間に芽を出しました。

朝になるとかにどんは、

「早く大きくなれ、柿の種。大きくならんと、はさみでちょんぎるぞ」といいました。柿の種はずんずん大きくなって、青い葉っぱも出しました。

その次の朝、かにどんは柿の木に水をかけながら、

「早く花をさかせよ、柿の種。たくさん実をならせよ、ならさんとはさみでちょんぎるぞ」といいました。すると、花がさいて実がなりました。そこへ猿どん

がやってきて、柿の木をながめながら、

「ほう、これはみごとな柿だ。本当にうまそうだな。もいでやろうか」といいました。すると、かにどんは平気な顔で、

「お前にはたのまん。この柿はじゅくすと落ちてくるからな。それまでおれがここで番をする」といいました。これを聞いた猿どんは、目をむいて、

「何をいうか。この柿はもともとおれのものだ」というなり、するすると柿の木に登りました。そして、つぎつぎにうれた実をもいで食べはじめました。下から見ていたかにどんが、

「猿どん、猿どん、うまいのをひとつ、落としてくれよ」といいました。すると、猿どんは、青いうらなり柿をひとつもいで、かにどんの背中(せなか)に投げつけました。かにどんは、

「あ、いたい。いたい」とうめきながら、死んでしまいました。息子のがに太郎がかけつけて、死んだかにどんのそばでなきました。そこへ熊蜂(くまばち)どんがやっ

てきて、

「よし、よし。いいかい、卵どんと昆布どんと臼どんに話をして、お父さんのかたきをとってやるからな」と、がに太郎をなぐさめました。

　次の朝、がに太郎がみんなといっしょに猿どんの家に行ってみると、猿どんはるすでした。そこで、卵どんはいろりの灰の中にかくれました。昆布どんとがに太郎は、水がめの中に、熊蜂どんは戸棚の中にかくれました。それから臼どんは、戸口の鴨居の上に登りました。

　夕方になって、猿どんが帰ってきました。猿どんは、いろりの灰をかきまぜて、

「ひいふう、ひいふうふう」と、火をおこしました。するといろりの中にかくれていた卵どんが、パチン、ポンとはじけてとびました。猿どんは鼻の先をやけどして、水がめのところへ走っていきました。そこで、水の中にかくれていたがに太郎が、猿どんの鼻にくいつきました。びっくりした猿どんは、飛びあがったひょうしに、昆布どんの上ですってんころりんとすべりました。すかさ

ず熊蜂どんが出てきて、猿どんのお尻(しり)をチクリとひとはりさしました。猿どんはたまらず戸口のほうへにげだしました。そのとたん、戸口の鴨居の上から、臼どんがドスンと落ちてきて猿どんをおしつぶしました。そこへがに太郎が走ってきて、猿どんの首をチョキンとはねましたとさ。

そこずいの話じゃったげな

猿かに合戦（土地言葉　宮崎）

昔むかしあっところになな、猿どんとかにどんが住んじょったと。

ある朝んこつ、かにどんな、山ん坂道をよちよちよちよち登って行ったと。すっと山ん上かい、にぎりめしがころりん、ころりんち転げち来たと。かにどんな、そんうまそうなにぎりめしをかかえち、また坂道を登っち行ったげな。かにどんな、山んてっぺんで猿どんと会うたと。猿どんな、かにどんのにぎりめしを見っとほしなち、

「かにどん。そんにぎりめしとこん柿ん種をかえっこすや」ちいうたと。すっとかにどんが、

「いやじゃ。いやじゃ」ちいうたもんで、猿どんなはらけち、

「かえっこせんなら、こんげんこつかますっど」ち、おどしたげな。そっで、しゃっ

ちこっち柿ん種とにぎりめしを取りかゆっとな、そんにぎりめしを、すうぐうめえ、うめえちいうて食うてしもうたと。

にぎりめしを取られっしもうたかにどんな、ひとつぶん柿ん種をかかえち、走っちもどったと。それかい、かにどんな、息子んがに太郎をよんじな、ふたりで、庭んまんなかん柿ん種をうめたと。かにどんとがに太郎が、

「はよ芽を出せ、柿ん種。出さんとはさみでちょんぎっど」ちいうたもんで、柿ん種は、夜ん間ん芽を出したげな。

朝んなっと、かにどんな、

「はよふてならんか、柿ん種。ふてならんと、はさみでちょんぎっど」ちいうたと。

柿ん種はなずんずんふてなち、青い葉っぱも出したと。

そん次ん朝、かにどんな柿ん木ん水をかけち、

「はよ花をさかせんか柿ん種。ぎょうさん実をならさんか、ならさんとはさみでちょんぎっど」ちいうたと。すっと、花がさいち、実がなったげな。そこん

猿どんがやっちきて、柿ん木をながめちな、

「ほう、こりゃみごち柿じゃ。うめごたるな。ちぎっちやろか」ちいうたと。すっと、かにどんな平気な顔で、

「われにゃたのまんわい。こん柿ゃじゅくすと落てっくっかい、それまじおれはここで番をしちょるわい」ちいうたと。こりゅ聞いた猿どんな目ん玉ひんむいち、

「何をいうか。こん柿ゃもともとおれんもんじゃが」ちいうなり、するするっち柿ん木に登っとな、次(つっ)から次から赤(あけ)え実をちぎっち食いだしたと。下かい見ちょったかにどんな、

「猿どん、猿どん、うめつをひとつ、落としちくれんか」ちいうたと。すっと猿どんな、青いうらなり柿をひとつちぎっとな、かにどんの背中(せなか)さね投げつけたと。かにどんな、

「あ、いてが。いてが」ち、うめいち死んでしもうたと。息子んがに太郎がか

けちきて、死んだかにどんのそばでないたげな。そこん熊蜂（くまばち）どんがやっちきてな、「よし、よし。いいか、卵（たまご）どんと昆布（こんぶ）どんと臼（うす）どんにいうち、おとっさんのかたきをとっちくるるわい」ち、がに太郎をなぐさめたと。

　次ん朝、がに太郎がみんなと連れどち猿どん家（げ）に行ったげな、猿どんなおらんかったっと。そっで卵どんないろりん灰（はい）の中（なげ）かくれたと。昆布どんとがに太郎は水がめん中、熊蜂どんな戸棚（とだな）ん中かくれたと。それかい臼どんな戸口ん鴨居（かもい）ん上さね登ったげな。

　夕方んなっち、猿どんがもどっちきたと。猿どんな、いろりん灰をかきまぜち、

「ひいふう、ひいふうふう」ち、火をおこしたと。すっといろりん灰の中かくれちょった卵どんが、パチン、ポンち、はじけちとんだと。猿どんな鼻ん先（さきゅ）やけどしち、水がめんところさね走っちいったげな。すっと、水ん中んかくれちょったがに太郎が、猿どんの鼻ん先くいついたと。猿どんなたまげち飛びゃがったひょうしん、昆布どんの上じすってんころりんちすべったげな。そん時

熊蜂どんのやっち来て、猿どんの尻(しり)をチクリっちひとはりさしたげな。猿どんなたまらじ戸口の方さねにげだしたと。そんとたん、鴨居の上かい臼どんがドスンち落ちっ来て、猿どんをおしつぶしたと。そこんながに太郎が走っちきて、猿どんの首をチョキンちはねたげな。

そこずいの話じゃったげな

すねこ太郎（たろう）（共通語）

むかし、おじいさんとおばあさんがおりました。ふたりには子どもがいなかったので、子どもがほしいと思っていました。それで毎日、きつい石だんを百だんあがって百だんおりて、観音（かんのん）さまにおねがいしていました。

ある日、おばあさんは、石だんを百だんあがって百だんおりるとちゅうにこけて、すねをけがしました。するとすねがだんだんふくらみ、十月（とつき）たったころ、右のすねから、小さいお人形さんのような子どもが生まれました。ふたりは、「これは観音さまからのさずかり子だ」と、よろこんで、産湯（うぶゆ）をつかわせて、半紙にとりあげました。そして、その子どもをすねこ太郎（たろう）と名づけました。すねこ太郎のまゆは絵にかいたようにりりしく、うつくしい顔立ちをしていました。それからおばあさんは重湯（おもゆ）を作って、鳥の羽で飲ませました。三月四月（みつきよつき）たってもすねこ太郎は大きくなりませんでしたが、二年三年すると、とのさまがえるほどの大きさになりました。そして、おとなのような話し方をするようになって、

「おじいさん、おばあさん、わたしは鬼が島へ行きます」といいました。それから、おわんのふねとおはしのかいで、観音さまのおふだを帆に、風にふかれて川をくだっていきました。

すねこ太郎が鬼が島につくと、赤鬼青鬼が大さわぎして、

「人くさい、人くさい」といいました。すねこ太郎は鬼の高下駄の下にかくれていましたが、そこから出ていくと鬼たちに弟子入りしました。すねこ太郎はよくはたらいたので、鬼たちに気に入られました。しばらくすると、すねこ太郎は、

「一人前に五尺くらいの人間にしてください」と、鬼たちにおねがいしました。

鬼たちは、

「それはかんたんなことだが、どうして早くいわなかったんだ」といって、打ち出の小槌（こづち）を使って、すねこ太郎を五尺の男にしてくれました。すねこ太郎は知恵者（ちえもの）で、鬼たちにいろいろな仕事を教え、鬼たちをよろこばせました。

　鬼が島に来て三年たったころ、すねこ太郎は、

「里に帰って、おじいさんとおばあさんをよろこばせたいと思います」と、鬼たちにいいました。すると、赤鬼青鬼はすねこ太郎に大きな船を作ってくれて、

「打ち出の小槌はお前にやろう」といいました。すねこ太郎はていねいにお礼をいうと、観音さまのおふだと打ち出の小槌を持って、おじいさんとおばあさんのところへ船で帰りました。

　おじいさんとおばあさんは、りっぱになったすねこ太郎を見て、

「大きくなったなあ、観音さまのさずかり子のすねこ太郎は、大きくなったなあ」

と、おおよろこびしました。すねこ太郎は、打ち出の小槌でいいものを出して、分限者（ぶげんしゃ）どんになったそうです。

すねこ太郎（土地言葉　宮崎市）

むかし、じいさんとばあさんがおりゃったげな。ふたりには、子どもがおらんかったかいよ、子どもがほしいなち思ちょったげな。そいで毎日きちい石だんを百だんあがって百だんおりて、観音さんに子どもをさずかるようおねがいしちょったげな。それでん、子どもはなかなかできんかったっちゃげな。

ある日よ、ばあさんが観音さんの石だんを百だんあがって百だんおるっとき、うっとけちすねこをけがしたげな。すっとすねこがだんだんふくれちよ、十月の神が受けとっち、右んすねこかいこんめ人形んごつある子どもがうまれたげな。ふたりは、

「こりゃ観音さんのさずかり子じゃ」ち、よろこんでよ、産湯をつこち半紙にといあげたげな。して、すねこ太郎ち名づけたげな。まゆはりりしして、よか

にせじゃったげな。そいかいばあさんは重湯（おもゆ）を作っち、鳥ん毛で飲ませたげな。三月四月（みつきよつき）たってんすねこ太郎はおっけんならんかったけんどん、二年三年すっと、たかしろびきぐらいおっけんなったげな。して、大人んよなものごつすっごつなっち、

「じいさん、ばあさん、おれは鬼（おに）が島さめいくわ」ちいうてよ。そいかいおわんのふねとおはしのかいで、観音さんのおふだを帆（ほ）に、風にふかれて川をくだっていったげな。

すねこ太郎が鬼が島につくと、赤鬼青鬼が大さわぎしち、「人くせえ、人くせえ」ちいうたげな。すねこ太郎は鬼のたかげたん下にかくれちょったけんどん、出てきちかい、鬼たちに弟子入りしち、ようはたれたかい、鬼たちに気に入られたげな。

しばらくすっと、すねこ太郎は、

「一人（ひとい）まえに、五尺（しゃく）ぐらいの人間にしてくだれんか」ち、鬼たちにたのんだげな。

鬼たちは、

「そりゃぞうさねこっちゃが、はよいうといがったちゃがね」ちいうてかい、打ち出ん小槌を使こち、すねこ太郎を五尺の男にしてくりゃったげな。すねこ太郎はびんたがいかったかい、鬼たちにいろいろ仕事をいっかして、鬼たちをよろこばしたげな。

　鬼が島で三年たったころ、すねこ太郎は、

「里に帰って、じいさんとばあさんをよろこばせんといかん」ち、鬼たちにいったげな。したら赤鬼青鬼はおっけん船をつくっちくれてよ、

「打ち出ん小槌はおまえにくるっわ」ちいうたげな。すねこ太郎はりっぱん礼をいうと、観音さんのおふだと打ち出ん小槌を持って、じいさんとばあさんところさめ船で帰ったげな。


　じいさんとばあさんは、りっぱんなったすねこ太郎をみち、

「おっけんなったなあ。観音さんのさずかり子のすねこ太郎は、おっけんなっ

たなあ」ち、てげよろこんだげな。すねこ太郎は、打ち出ん小槌でいいむんを出しち、分限者(ぶげんしゃ)どんになったげな。

わらいのお茶（共通語）

昔むかし、あるところに、おじいさんとおばあさんが住んでいました。

年のくれのこと、おじいさんは正月のみかんを買おうと、山の村から里へと向かいました。すると、山の野原で一羽のつるが、パサリ、パサリともがき苦しんでいました。

（おやおや、かわいそうに、これはつばさをうたれているな）

おじいさんは、つるを、そおっとだきあげました。そこへ、狩人（かりゅうど）がかけてきて、

「それはおれのつるだ、返せ」といいました。そこでおじいさんは、みかんを買うつもりだったお金をみんな狩人にわたして、つるをゆずってもらいました。

それからおじいさんは、

「わしがつばさをなおしてやろう」といって、つるをだいたまま家に帰りました。

おじいさんは家に着くと、

「ばあさん。正月のみかんのかわりに、つるを買ってきたぞ。つばさをうたれて弱っているから、早く薬を出してくれ」といいました。ふたりはさっそく、つるのつばさに薬をつけてやりました。それから、つるを箱に入れてふたをして、だいじに世話をしました。すると、つるのきずは日ましによくなって、だんだん元気になってきました。

おじいさんは、家を出る時にはいつも、

「ばあさん。わしがるすのあいだには、箱のふたを決してあけちゃいかんぞ」

といっていました。

ところがある日、おばあさんはどうしてもつるが見たくなって、とうとう箱のふたをあけてしまいました。するとつるはぽうと箱からとびだして、パタパタ羽を動かしました。そして、つるんつるんと部屋の中をまいながら、そのまま外へとんでいってしまいました。おばあさんはあわてて外へ出てみましたが、つるのすがたはすぐに見えなくなってしまいました。

　やがて、おじいさんが帰って来ました。おばあさんは、

「つるが、つるんつるんと、とんでってしまった」といいました。おじいさんは、

「ああ。そうか。今年の正月はつるもいない、みかんもない」と、がっかりしました。

　ところが元日の朝、どこからかつるがまいこんで来ました。おじいさんとおばあさんは、

「ああ。つるが帰ってきた、帰ってきた」と、手を取りあってよろこびました。けれども、つるは、神棚（かみだな）のところに白い紙づつみを落として、外へとんでいきました。おじいさんが紙づつみをあけてみると、お茶が入っていました。ふたりは、

「つるからもらったお茶じゃ。神様にあげてからいただこう」といって、お茶を入れ、神棚にそなえました。それからそのお茶を飲んでみると、そのおいし

いこと、おいしいこと。おじいさんとおばあさんは、お茶を飲みながら、

「あっははは、あっははは」と、わらいだしました。

　すると、となりの長者どんがそのわらい声を聞いて、ふしぎに思ってやってきました。長者どんは、つるのお茶の話を聞くと、

「わしにも、そのお茶をちょっと飲ませてくれんか」といいました。そこで、長者どんにも飲ませると、長者どんも、

「あっははは、あっははは」と、わらいだしました。

　つるからもらったお茶は、八十八夜（はちじゅうはちや）のお茶でした。八十八夜のお茶を正月に飲んだ人は、十八に若返るといわれているそうです。長者どんは大よろこびして、お茶のお礼に自分のざいさんを半分、おじいさんとおばあさんに分けてあげました。それからは、みんないつまでも幸せにくらしましたとさ。

　めでたし、めでたし

わらいのお茶（土地言葉　宮崎）

昔むかし、あっところにな、じさまとばさまの住んじょんなったと。

ある年んくれんこっちゃった。じさまは、正月んみかんぬ買おうち思うちな、山ん村かい里さめ向こうちょんなったと。すっと、山ん野原じ一羽んつるがな、パサリ、パサリちもがき苦しんじょったげな。

（こりゃもぞなぎこっちゃあ。つばさをうたれっしもち）

じさまは、つるをそおっつだきあげなったと。そこん、鉄砲（てっぽう）うちのかけち来てな、

「そりゃあ、おれんつるじゃが。返せ」ちいうたと。じさまは、みかんぬ買うつもりじゃった金をぼうど鉄砲うちんはろうてな、つるをゆずっちもろうたと。

それかいじさまは、

「わしがつばさをなおしちゃろ」ちいうとな、つるをだいたまんまもどったげな。

じさまは家ん着くと、

「ばさん。正月んみかんのかわりん、つるを買うちきたぞ。つばさをうたれち弱っちょるかい、早う薬を出しちくれんかよ」ちいいなったと。ふたりはじき、つるんつばさん薬をつけちゃっとな、つるを箱に入れちふたをして、大事ん世話をしたと。すっと、つるんきずは日ましんようなってな、だんだん元気をとりもどしたげな。

じさまは、家を出っ時にはな、いつでん、

「ばさん。わしがるすんあいだにゃあ、箱んふたをあくるこたならんぞ」ちいいよんなったと。

そいがある日んこつ、ばさまは、どしてんつるが見とうなち、とうとう箱んふたをあけちしもうたと。すっとつるは、ぽうつ箱かいとびでち、パタパタ羽を動かしたげな。それかい、つるんつるんち部屋ん中をもうてなぁ、そんまんま外さめとんでいってしもうたと。ばさまはあわてて外さめ出てみなったと。

そいでんつるんすがたはじき見えんごつなってしもうたと。

　やがてじさまがもどっち来なっとな、ばさまは、

「つるが、つるんつるんちとんでいっちしもうた」ちいいなったと。じさまは、

「そうか。こりゃ、今年ん正月は、つるもおらん、みかんもね」ち、がくっちきなったと。

　それがな、元日ん朝、どっかいかつるがまいこんじ来たと。じさまとばさまは、

「つるがもどっち来た、もどっち来た」ち、手を取り合う（とおう）ちよろこだと。つるは、神棚（かみだな）んとこん白（しり）い紙づつみを落としてな、じきとん出ちしもうたと。じさまが紙づつみをあけちみっとな、茶の入ちょったげな。ふたりは、

「つるかいもろうた茶じゃ。神様（かんさま）にあげちかい、もろち飲もう」ちいうとな、茶を入れち、神棚んそなえち、それかいそん茶を飲んじみたと。すっとそんうめこつ、うめこつ。じさまとばさまは、茶を飲んながら、

「あっははは。あっははは」ち、わらいだしなったと。

となりん長者（ちょじゃ）どんがそんわらい声を聞いち、なんごっちゃろかち見ん来なったと。長者どんな、つるん茶ん話を聞くとな、

「わしにも、そん茶をちいっと飲ませちくれんか」ちいいなったと。そっで、長者どんにも飲ますっとな、長者どんも、

「あっははは。あっははは」ち、わらいだしなったと。

つるかいもろうた茶はな、八十八夜（はちじゅうはちや）ん茶じゃったげな。八十八夜ん茶を正月んに飲んだ者（もん）はな、十八ん若返るちいわれちょっとと。長者どんなてげよろこびゃって、茶んお礼じゃちいうと、わがざいさんぬ半分、じさまとばさまに分けちゃんなったっと。それかいはみんな末長う、幸せんくらしたちゅうこっちゃ。

めでたし、めでたし

垂釈様（共通語）

むかし、岩戸の中の園におじいさんとおばあさんが住んでいました。

ある日ふたりは、

「あす、焼畑をしよう」と、はなしあいました。その晩、おじいさんはゆめを見ました。ゆめの中に大きなへびが出てきて、

「わたしは、あんたたちが焼畑をする山に住んでいるへびである。女房に子どもが生まれそうなので、今はよその山に移ることができない。あすの朝早く、三ケ所まで安産の薬をとりに行ってくる。それを飲ませればすぐ子どもが生まれる。生まれたらほかの山に移るから、あと二日焼くのを待ってくれないか。そうすれば粟はいつもの十倍実らしてやろう」というと、すがたを消しました。

あくる朝、おじいさんはこのことをおばあさんに話しました。けれども、お

ばあさんは、
「そんなことあてになるもんか。きょう焼かないとたねまきが遅(おそ)くなる。早く火をつけよう」といって、自分でたいまつを持っていき、山に火をつけました。火はたちまち燃(も)えひろがりました。その火の中から一頭の大蛇(だいじゃ)があらわれました。大蛇は滝(たき)を登ろうとしては、ずれ落ち、また登ろうとしては、ずれ落ちして苦しんでいました。

ちょうどこの時、雄(おす)へびは、三ケ所から薬をとって帰るとちゅうでした。雄へびが五ケ村峠(ごかむらとうげ)で岩戸のほうをみると、火の中で雌(めす)へびのもだえ苦しむすがたが見えました。雄へびが急いで帰ってきた時には、もう雌へびは力尽(つ)きて焼けしんでいました。雄へびは泣(な)きながら、北にある馬生木山(もおぎやま)へ、にげていきました。

その年、中の園の畑にまかれた粟は、殻(から)はできましたが、実は一粒(ひとつぶ)もなりませんでした。

おばあさんは間もなく病気になり、あの雌へびのようにもだえ苦しんで死んでいきました。あとに残ったおじいさんも、ひとりさびしくくらしていましたが、間もなく死んでしまいました。

　村人たちは、このへびの霊をなぐさめるために、雌へびの死んだ中の園上と、雄へびがいる馬生木上に、それぞれ石のやしろを建て、垂釋様とよんでおまつりするようになりました。雄へびは中の園にも時々来るといい、このへびが中の園にいる年は、中の園が豊作で、馬生木にいる年は、馬生木のほうが豊作になると伝えられています。

垂釋様(すいしゃくさま)（土地言葉　宮崎県高千穂）

むかし、岩戸(いわと)ん中(なかん)の園(その)に、じいさんとばあさんがおったげな。

ある日ふたりは、

「あした、焼畑(やきはた)をすじゃねぇの」と話しおうた。そん晩(ばん)じいさんなゆめを見たげな。ゆめん中に大きなへびが出ち来て、

「おりは、あんたどんが焼畑をする山に住んじょるへびじゃが。うちんとに子どもが生まるるごつあるき、今はよそん山に移ることができん。あすん朝早(はよ)う、三ケ所(さんがしょ)まで安産(あんざん)の薬をとりに行っち来る。そりを飲ますっと、じき子どもが生まるる。生まるると、ほかの山に移るき、あと二日焼(や)くとを待っちょってくれんじゃろか。そしたら粟(あわ)はいつもん十倍実らせてやるき」ちいうと、おらんなった。

次ん朝、じいさんなこんこつをばあさんにいうたげな。けんどん、ばあさんな、「そげな事(こつ)あてになるもんけ。今日焼かんとたねまきが遅(おそ)うなるき。早う火をつくるばい」ちいうて、たいまつを持っち行って、山に火をつけたつげな。火はすぐさま燃(も)えひろがっち、そん火ん中から一頭の大蛇(だいじゃ)が出ちきた。滝(たき)をつん登ろうとしては、ずさり落ち、またつん登ろうとしては、ずさり落ちして、てぇげにゃあ、きつがりよった。

ちょうどこん時、雄(おす)へびは、三ケ所から薬をとって帰るとちゅうじゃった。雄へびが五ケ村峠(ごかむらとうげ)で岩戸(いわと)んほうを見ると、火ん中で雌(めす)へびのもだえきつがるすがたが見えたげな。雄へびがせいていんで来た時にゃ、もう雌へびは、力尽(つ)きて焼け死んじょった。雄へびは泣(な)きながら、北んほうの馬生山(もおぎやま)に、にげち行った。

そん年、中ん園の畑にまかれた粟は、殻(から)はできちょったが、実はひとっつんならんかった。

そんあと、ばあさんな病気になって、あん雌へびんごつもだえきつがって死んでいった。あとん残ったじいさんも、ひとりさびしゅうくらしちょったけんどん、やんがち死んでしもうたげな。

村ん人どんな、こんへびん霊(れい)をなぐさむるために、雌へびの死んだ中の園上と、雄へびがおる馬生木上(もおぎうえ)に、それぞれ石んやしろを建(た)てち、垂釋様(すいしゃくさま)ちよんでまつるごつしたげな。雄へびは中の園にも時々来るげなが、こんへびが中の園におる年は、中の園が豊作(ほうさく)で、馬生木におる年は、馬生木のほうが豊作になるちいわれちょる。

天の岩戸開き（共通語）

昔むかし、高天原に、アマテラスという、世の中を明るくてらす太陽の神様がいました。そのアマテラスには、とてもあばれんぼうのスサノヲという弟がいました。

あるとき、スサノヲは、高天原の田んぼや畑のあぜ道をめちゃくちゃにして、りっぱなごてんの中に、自分の糞や小便をまきちらしました。それでもアマテラスは、スサノヲをやさしくかばっていました。

すると、スサノヲは調子にのって、もっとひどいことをするようになりました。馬の首を切って、さか剥ぎにし、はた織り小屋の中に投げこみました。ひとりのはた織りむすめがそれにおどろいて、はた織りの杼で体をついて死んでしまい、たいへんなさわぎになりました。おこったアマテラスは、天の岩屋の中に入り、岩戸をピタリとしめ、出てこなくなりました。

太陽の神様のアマテラスがかくれてしまったものですから、世の中はまっくらになって、悪いことばかりがおこるようになってしまいました。

そこで、八百万（やおよろず）の神様が、天（あま）の安河原（やすかわら）に集まり、アマテラスをつれだす方法（ほうほう）を考えました。すると、頭のいいオモイカネノカミという神様が、

「まず、長鳴き鳥を鳴かし、アマテラスに夜が明けたと思わせるのです。岩屋のまえでおどってさわげば、アマテラスはどうしたのかと思って、岩戸を少しあけるでしょう。そのすきに、力持ちのタヂカラヲが岩戸をこじあけて、アマテラスをひっぱりだすのです」といいました。

「それはいい。そうしよう、そうしよう」と、みんな大さんせいしました。

たくさんの長鳴き鳥が、

「こけこっこー」と、いっぺんに鳴きました。おどりのじょうずなアメノウズメという神様が、さかさにしたおけの上にとびのると、

トントト、トントトト、トントトトトン
　トントト、トントトト、トントトトトン
と、こしをふりふり、くるったようにおどりはじめました。

　神様たちは、アメノウズメの着物がずりおちると、

「うわーっはっはっはっ、へそが見えるぞ、乳（ちち）も見えるぞ。わーっはっはっはっ」

と、よろこんで大さわぎしました。

　アマテラスは、

（わたしがいないと、世の中はまっくらなはずなのに、どうしてみんな楽しそうにしているのか）と、岩戸を少しあけてみました。

　おどっていたアメノウズメは、それを見ると、

「実は、あなたさまよりずっとえらい神様がいらっしゃるのでよろこんでいるのです」といいました。

　そこへ、フトダマという神様が大きな八咫鏡（やたのかがみ）をさしだしました。そこには、

光りかがやく美しい神様が映って見えました。

アマテラスは、もっとよく見ようと身をのりだしました。すると、かげにかくれていたタヂカラヲが岩戸をおしあけ、アマテラスの手を取り外にひっぱりだしました。そこですかさずフトダマがしめなわを岩戸にはり、「これで、この岩屋の中には二度と入ることはできません」と、きっぱりいいました。

こうして、アマテラスが外に出てきたことで、世の中はもとのとおり明るくなり、八百万の神様も大よろこびしました。

天の岩戸開き（土地言葉　宮崎市）

昔むかし、高天原に、アマテラスっちゅう世の中を明るくてらす太陽の神ん様がおったっと。そんアマテラスにゃ、てげがんたれのスサノヲちゅう弟がおったっと。

あるとき、スサノヲは、高天原の田んぼや畑んあぜ道をちんがらっして、りっぱなごてんのなけ、自分の糞や小便をまきちらしたっと。それでん、アマテラスは、スサノヲをやさしくかばっちょったっと。

けんどん、スサノヲがみやがっちかい、まっ、ひでこつすっごとなってよ。馬ん首ちょん切って、さか剥ぎにしち、はた織り小屋ん投げこんだもんじゃかいえれこつなって、ひとりんはた織りん娘がおどろいち、はた織りん杼で体をついて、け死んだっと。アマテラスは、腹かいち、天の岩屋んなけ入っちかい、岩戸をピシャッつしめて、出てこんごつなったたっと。

太陽の神ん様のアマテラスがかくれてしもたかい、世の中がまっくらになっち、わりこつばっかりおこるようになったたっと。そいでよ、八百万ん神ん様が、天の安河原にずばっつ集まっちかいよ、アマテラスのつれちくりかたを考げたっと。したら、びんたのええオモイカネノカミちゅう神ん様が、

「まず、長鳴き鳥を鳴かしてかい、アマテラスに夜が明けたたち思わしてよ、岩屋んまえでおどってさわぐとよ。したらアマテラスが何じゃろかいち、岩戸をちょびっつあくっちゃねえか。そんすきに、力持ちんタヂカラヲが岩戸をこじあけて、アマテラスを外にひっぱり出すのはどんげじゃろか」ちいったたっと。

「そりゃいいが、じゃが、じゃが」ち、みんな大さんせいしたたっと。

ぎょうさんな長鳴き鳥が、

「こけこっこー」ち、いっぺんに鳴いてかいよ。おどりんうめえアメノウズメちゅう神ん様が、さかさんしたおけん上にとびのって、

トントト、トントト、トントトトン
　トントト、トントト、トントトトン
ち、こしをふりまくっちかい、くるったごつおどりはじめたっと。神ん様たち
は、アメノウズメん着物がずり落ちたとを見ち、
「うわーっはっはっはっ、へそも見ゆっど、乳も見ゆっど。わーっはっはっはっ」
ち、よろこんで大さわぎしたっと。アマテラスは、
（わたしがおらんと世の中はまっくらやとん、なんで、みんな楽しそうにし
ちょっちゃろうか）ち、岩戸をちょびっっつあけてみたっと。おどっちょったア
メノウズメは、それを見て、
「実は、あんたさまより、もっとえれえ神ん様がおりゃってかい、よろこんじょっ
とです」ちいったっと。
　そこへ、フトダマっちゅう神ん様がふてえ八咫鏡をさし出したっと。そこに
は、光りかがやく美しい神ん様が映って見えたっと。アマテラスは、もちっと

よく見ようと身をのりだしたっと。すると、かげにかくれちょったタヂカラヲが岩戸をおしあけち、アマテラスの手をとって外にひっぱり出したっと。して、フトダマがしめなわをあっちゅうまに岩戸にはっちかい、

「こっで、こん岩屋ん中にゃ、もうにどと入られん」ち、きっぱりいったっと。

こんげなわけで太陽の神(か)ん様のアマテラスが外に出てきたかい、世の中がもとんごつ明るくなって、八百万ん神(か)ん様は大よろこびしたっと。

茶のみ（共通語）

むかし、日当山（ひなたやま）に、侏儒（しゅじゅ）どんというたいへんとんちのきく小男（こおとこ）がいました。

殿（との）さまは、

（いちどでいいから、侏儒をやりこめてやろう）と思っていました。

ある日のこと侏儒どんは、いつものようにごきげんうかがいに、殿さまのところに行きました。殿さまは、

「侏儒、また来たのか」と、ひざもとによびつけ、なにやらにやにやしながらききました。

「日当山は、茶の産地（さんち）と聞いておるが、ほんとうか」

「はい、そのとおりでございます。お茶といえば日当山といわれています」

「では、すぐに帰って茶の実を持ってまいれ。この前つくった堤防（ていぼう）に植えつけ

るのじゃ」

これには、侏儒どんもすっかりこまってしまいました。というのは、三月は茶の実がまったくないからでした。殿さまは、

「侏儒、どうじゃ。約束(やくそく)できるか。しかと申しつけたぞ」といいました。

「はい、たしかにおうけいたします。ただし七日お待ちください」と、侏儒どんは答えて日当山に帰りました。

侏儒どんは村じゅうをさがしまわり、村一番のお茶ずきといわれるおばあさんを家につれてきました。そして、おばあさんにいいました。

「近いうち、お城(しろ)の殿さまに会わせてやるから、ありがたく思えよ。ところでばあさん、どのくらい茶はすきか」

「はい、茶は一日じゅう飲みつづけております」

「それなら、お城に行った時には、私のいうとおりにするのだぞ。わかったな」

と、侏儒どんはしっかりいいきかせました。

いよいよお城に行く日がきました。侏儒どんとおばあさんがお城に着くと、門番が、

「こらこら日当山の侏儒どん、そのきたないばあさんは中には入れない」といいました。

「殿さまにいわれてつれてきたのじゃ、約束だから止めることはできない」と、三尺（しゃく）そこそこの侏儒どんはそりかえりながら、大いばりでおばあさんといっしょに入っていきました。

侏儒どんは、おばあさんを縁側（えんがわ）に待たせて、ひかえの間（ま）に入り、

「殿さま、お約束どおり茶のみをお持ちしました。お受けとりください」といいました。殿さまは奥座敷（おくざしき）からでてきて、

「おい、侏儒、茶の実はどこじゃ、早く出せ」といいました。すると、侏儒どんは、

「はいはい、今ここへ」と、縁側に待たせておいたおばあさんをさして、

「日当山名物村一番の茶飲みでございます」といいました。

「なんじゃそれは、ばあさんじゃないか。わしは茶の実といったではないか」

「はいそのとおり、村一番の茶飲みでございます」

　侏儒どんはすました顔でいいました。殿さまは、この侏儒どんのとんちに開いた口もふさがりません。けれども、これで負けてはいられないと、殿さまは、

「侏儒、この茶の実は生(は)えないぞ」と、勝ちほこっていいました。ところが、ちゃんとそこまで考えていた侏儒どんは、

「殿さま、ご心配はご無用(むよう)です。このとおりしっかりはえますよ」といって、縁側からごそごそ這(は)ってくるおばあさんを指さしました。これには殿さまも、

「さすが、侏儒じゃ」としかいえませんでした。

茶のみ（土地言葉　鹿児島）

むかし、日当山に、侏儒どんち言うわっぜえか〈とても〉とんちのきっ、ちんけ〈小さい〉男がおったち。殿さまは、（一度でよかで、侏儒をやいこめっみろごちゃ）ち思ちょいやった。

　ある日んこっ侏儒どんは、いっもんごっ、ごきげんうかがいに殿さまんとけ会けいったち。殿さまは、

「侏儒」ち、膝元によんつけっ、ないやらにやにやしっせいたんねやった。

「日当山は、茶の産地じゃち聞いちょっが、そんとおいか」

「はい、そんとおいごあす。茶ちいえば日当山ちいわれちょいもす」

「そいなら、すぐもどっせえ、茶の実を持ってまいれ。こん前つくった堤防に植えつくっとじゃが」

こいには侏儒どんも、すったい〈すっかり〉困っしもうた。ち言うとが、三月は茶の実がひとっもなか時期じゃっで。殿さまは、

「侏儒、どげんよ。約束がでくいか、しっかい申しつけたど」ちいやった。

「はい、たしかにお受けいたしもす。じゃっどん七日待っくいやったもんせ」

ち答えっ、日当山にもどったち。

侏儒どんは村じゅうを見しけまわっ、村一番のお茶好っちいわれちょっばあさんを、家ずい〈家まで〉つれっきた。そいから、ばあさんにゆうたち。

「ちけうち、お城んお殿さあに会わせっやっで、ありがて思えよ。とこいでばあさんな、どしこばっかい〈どれくらい〉茶が好っじゃいな」

「はい、茶はいってんかってん〈四六時中〉、ずーっち飲んじょいもんど」

「そいならお城に行った時ゃ、おいがいっかす〈教える〉っとおいしやんせよ。よかな」ち、侏儒どんはばあさんにしっかいいいきかせたち。

いよいよお城に行っ日が来た。侏儒どんとばあさんがお城に着っと、門番が、

「こらこら、日当山の侏儒どん。そんきっさね〈汚い〉ばあさんは中にゃ入っがならんど」ちゅうたち。

「お殿さあにいわれっ連れっきたとじゃが。約束じゃっで、止むっこちゃできんど」ちゅっせい、三尺そこそこん侏儒どんな、そっくい返っ大いばいでばあさんといっどき中入った。

　そいかあばあさんを縁側へ待たせっせい、ひかえん間に入っ、

「お殿さあ、お約束どおり茶のみをお持ちしもした。お受け取いやったもんせ」ちゅうた。殿さまが、奥座敷かあ出っきゃっせい、

「おい侏儒、茶の実はどこじゃ。早よ出せ」ちいやった。そしたあ、侏儒どんは、

「はいはい、今こけ」ち、縁側い待たせちょったばあさんを指さっ、

「日当山名物村一番の茶飲みでございもす」ちゅうた。

「なんじゃそいは、ばあさんじゃなかか。わしは茶の実ちゅうたじゃねか」

「はい、そんとおい、村一番の茶飲みでございもす」ち、侏儒どんはしれっし

た顔でゆうたち。

今度こそはち思ちょった殿さまは、侏儒どんのこんとんちにゃ口があんぐいなっしもた。じゃっどん、こんまま負けっおりゃならんち、殿さまは、

「侏儒、こん茶の実は生えんど」ち、一本取った気でいやった。とこいが、ちゃあんとそこずい考ちょった侏儒どんは、

「お殿さあ、ご心配はいいもはん。こんとおい、しっかいはえもんど」ちゆうて、縁側かあごっそごっそ這って来いばあさんを指さしたち。こいには殿さあも、

「うんだも、さすが侏儒じゃ」ちしかいやならんかったち。

ほひこんげぇな

再話　かごしま昔ばなし大学再話コース

本文中に、ひらがな表記に音引きを使用している箇所がありますが、これは、土地言葉を文字にする際に、よりその音に近い表記にするために使用しています

天福地福

むかし、あるところに正直な良い爺さんがいました。

ある夜、爺さんは、

「あの木の根元に金が埋めてあるから掘ってみろ」という夢を見ました。そこで、（金が天から降ってくることはあっても、地面の底から沸くというのはないはずだ。けれども、あれほど夢を見たんだから、掘ってみよう）と思って、掘ってみました。すると、金壺が出てきて、白銀黄金が入っていました。爺さんは、（人間の運は天から降るもんだから、こんな地の底から出てきたものを、わしがとって使うわけにはいかない）と思って、またもとの通り屋敷のすみの木の根元に埋めました。それを見ていた隣の性根の悪い爺さんが、

「あの隣の爺が埋めた白銀黄金をわしがとってやろう」と、急いで掘りだしに

いきました。

（これはたいしたもうけだ）と思って、金壺のふたをとってみると、蛇やまむしやかえるなど、きみの悪いものがうようよ入っていました。性根の悪い爺さんはびっくりして、

（なるほど、それであの爺は、この壺をここに埋めていったんだな）と思って、

（ようし、あの爺の家の天井に穴をあけて頭の上から蛇やらまむしやらかけてやろう）と、天井に穴をあけて壺の中身をおとしてやりました。

正直爺さんが寝ていると、頭の上から、白銀黄金が降ってきました。爺さんは、

「うわぁ、白銀黄金が天から降ってきたぞ。これこそわしへのさずかりものだ」

と喜びました。

正直なものには天から与えられるって。

ほひこんげぇな

縁付(えんつき)たばこの由来

むかし、男がふたり、海へ魚取りに行った。潮(しお)がまだ引いていなかったので、寄木(ゆいき)の下に寝(ね)た。ひとりの人はぐっすり眠って、もうひとりは目を覚ましていた。すると、山の頂(いただき)から光がやってきて、寄木の神さまに、

「ほいほい」と声をかけたところ、寄木の神さまが、

「ほいほい」と答えた。光が、

「今日は村に子どもが生まれるから、行って運命の位をつけてこなければならない」といった。寄木の神さまは、

「今夜、わたしはお客さんの世話があるので行けないから、あなたひとりで行っていらっしゃい」といった。光の神さまはひとりで村へ行った。

しばらくして、光の神さまが帰ってきたので、寄木の神さまが、

「どんな運命の位をつけましたか」ときいた。光の神さまは、

「女の子と男の子が生まれたので、女には塩一升の位をつけ、男には竹大工一本の位をつけました」と答えた。

目を覚ましていた人は、

（私の子が男にちがいない）と思った。そのとき寄木の神さまが、

「そのふたり、結婚させたら良い具合いにいくけどなあ」といった。


ふたりの男が、村に帰ってみると、目を覚ましていた人の子どもが男の子、眠っていた人の子どもが女の子だった。目を覚ましていた人は、翌日、女の子の生まれた家に行って、

「あとで大きくなったら、このふたり結婚させなければならない」といった。眠っていた人は、

「そのようにしてけっこうだ」といって、ふたりは約束した。


その男の子と女の子は、大きくなって結婚した。やがて、ふたりの暮らしは

裕福になった。

ところが、ふたりは何かのことで仲が悪くなって、とうとう離婚した。そして、女はずっと遠いところへ行って再婚して、また、暮らしは裕福になった。男のほうは竹大工一本で暮らしていくことになった。そして、背負いかごやざるなどを作って、売りにまわった。

ある時、男は、一軒の裕福な家に売りにいった。すると、その家の女は、（この人は私の元の夫だったなあ）と気づいたが、男は気づかなかった。しばらくしてまた、そこへ、ざるや、ハラを持って売りにいくと、全部その女が買って、「あなたは、私の夫だったのですが、覚えていますか」ときいた。すると、その男はびっくりして死んでしまった。それで、女はこまって、（この男は元の夫なので、どこに葬ったらよいかなあ）と思って、豚小屋と自分の母屋の間に葬った。

その男を葬ったところに草が生えた。

（これは元の夫を葬ったところに生えたものだから、何かの役に立つのではないか）と思い、煮て食べてみた。ところが、苦くて食えなかった。それから、乾燥させて、煙管を作って、吸ってみた。すると、いい香りがした。それが今のたばこの起源になったとのことです。

そのようなことから、これを縁付きたばことというようになったそうな。

修どんと蛇（土地言葉　薩摩川内市）

昔むかし、中郷に安国寺という大きな寺があってなあ、その近くに修どんというおじいさんが住んじょったと。こどん〈子ども〉がおらんのでこどんがほしいと思っちょった。

ある日、おじいさんはひとつ卵を手に入れた。そこでおじいさんはいろりばたに巣を作って、ちょうどよかあんべ〈塩梅〉の温度にして、ないが生まれてくっどかいと待っちょった。とこいが生まれてみると、そや一匹のもじょか〈かわいい〉蛇じゃった。おじいさんはそいもありがたかと思て、てねーして育てたと。

だんだん太なって、蛇は座敷の中をほて回ったちゅうが、ゆ遊びく〈遊びに来た〉隣んしがこれを見て、あんべがわるう〈気色が悪い〉とおもて、近所ん衆も遊んけこんくなったと。

ある日、おじいさんは蛇にいうたと。

「お前がそげん出てくっと、近所ん衆(し)がいやがって、お前の居(お)っとこいを、ここにすっが」と、納戸(なんど)に巣を作って、「あんまい出てきゃんな」といいつけたって。蛇はあんまり出てこんかったどん、近所の衆(し)が、

「あしこにゃ蛇がおっど」

「あげな蛇がおったきもっが悪かで郷中(ごじゅ)ばなしにすっが」ちゅうこちなって、そいを聞いたおじいさんが蛇にいうたち。

「お前がここにおっと、おいが郷中(ごじゅ)から出ていかなならん。いっきそこん池に放してやっで、そこに住めばよかが」

蛇はいうことをきいて池に連れていかれたもんじゃらを。

蛇はだんだん太なってひとんしにけすった〈いたずら〉ことをするようになったと。

「こんけすった蛇はどっから来たか」

「誰がこけ放したか」

郷中ん衆があれやこれや話しおて、

「あや、修どんの蛇じゃ」

修どんはひとんしから、

「あん蛇をいけんかせんか。うっ殺すなり、どっかやるかせんか」といわれたと。

修どんはまた蛇にいったと。

「お前はないごて、ひとんしに　けすったこちょすっとかねえ、こまったもんじゃが。そげなこっならおまいをどっか遠かとこいにやらないかんがね」

蛇は、

「じいさん、おいはひとんしを見ると、けすったこちょすっごとなっ。これはおいが眼がさすっとじゃ。頼んもんでこの眼をえぐいとってくいやん」

「そげなこっがでくっか」

「いいや、どしてん、えぐいとってくいやん」

おじいさんはしかたなく蛇のいうとおり、蛇の眼をえぐりとったたって。それは金でできた如意宝珠の玉じゃったたって。おじいさんはたまげて、「こいや宝物じゃっど。持っちょったってもったいなか。天子さまにさしあげよう」と、さっそくお上にこれを届けて天子さまにさしあげたと。天子さまはたいそう喜ばれて、修どんにお金をどっさいくいやった。修どんはそれをぐらしか〈かわいそうな〉人たちに貸したりしたと。ひとんしゃ〈人々は〉喜んで、「修どんの利子寄せ」という日にはどっと押しよせてきたと。

お金はますます増えてつこきらん〈使いきらない〉ごとなったもんじゃっで、修どんはこれを国ぐにの寺に寄附したっじゃって。そいでまた、国ぐにの寺から「おおきに」「おおきに」と、お礼を年中いうてきたっじゃって。

蛇もおじいさんも末永く、よか世じゃったちゅうこっじゃ。

郷中ばなし…村から追いだすこと。村八分

如意宝珠の玉…思うことの何でも叶う玉

天子さま…国を治める人。ここでは薩摩国を治めていた人物と考えられる

利子寄せ…お金を返す日

うらじろと鬼（おに）

昔むかし、ある村はずれに両親、兄、妹の四人家族がすんでいました。妹はウトと呼ばれ、年ごろになると嫁（とつ）いで両親の元をはなれていきました。

　それから二、三年が過ぎたころ、

「ウトの兄が鬼（おに）になって両親を食いころした」といううわさが、ウトの耳に入ってきました。

　ウトは、（うわさを確（たし）かめよう）と思いました。

「鬼は縫（ぬ）い針（ばり）を入れたおにぎりでも平気で食べてしまう」と、聞いていたので、それを手みやげに、子どもをつれて両親のもとをたずねました。

　兄は、ウト親子の里帰りをたいへんよろこび、

「もうすぐ両親も畑から帰ってくるので、家の中で待っていなさい」といいま

した。

　ウトは、家の中に入り、何食わぬ顔で兄の前におにぎりをさしだしました。鬼になった兄はそのおにぎりを、平気な顔で全部食べてしまいました。それを見たウトはおそろしくなり、その場を逃げだそうと、子どものおしりをつねって泣かせました。兄が、

「どうしたのだ」と、あわててきくので、ウトは、

「この子はかわやへ行きたいらしいのです」とこたえました。兄が、

「そこでさせろ」というと、ウトは、

「この子は、かわやでないとだめです」といいながら、子どものおしりをつねって、また泣かせました。兄は、しかたなくウト親子をかわやへ行かせました。

　ウトはかわやの戸をしめ、裏側の板壁を打ちやぶって外へ逃げだしました。

　しばらくすると、

「まだかい」という、兄の声が聞こえてきました。ウトは、

「まだだよ」と答えながら、いっしょうけんめい逃げました。

兄は、ウト親子を早く食べたいので、だんだんかわやの近くまでやってきて、「まだかい」とききました。けれどもウトの返事がないので、かわやの戸を蹴りやぶって中をのぞくと、ウト親子の姿はありませんでした。兄は、ウト親子のにおいをかぎながらおいかけました。たちまちウト親子はつかまりそうになりました。

ウトは、

（このままでは、親子ともども兄に食いころされてしまう）と思い、道ばたにしげっているうらじろ山へとびこみ、身をかくしました。

兄は、そこまで追いかけてきて、

「たしかにここにかくれているはずだが」といいながら、うらじろをかきわけはじめました。ところが、兄がかきわけたうらじろは、つぎからつぎへとウト親子をつつみ、においをけしてしまいました。兄は、

「まったく逃げ足の早いやつらよ、ウトの子はさぞおいしかっただろうに」と、
ひとりごとをいいながら、その場をはなれていきました。

ウト親子は、うらじろのおかげで助かりました。

それ以来（いらい）、村びとたちは鬼よけのために、うらじろを家のまわりにつるしておくようになりました。

正月、床（とこ）の間にうらじろをかざるのはその名残（なご）りだそうです。


うらじろ…南日本に生息するシダ。お正月飾りに使われる

ほととぎす兄弟

むかし、ちょんとちょげさという親のいない兄弟がありました。たよれる人もいなくて、兄は毎日食べ物をとりに山へ行っては、弟に一番おいしい山いもを取ってきて食べさせていました。そして、自分は一番おいしくないところを食べて、弟をかわいがっていました。

ある日、弟は魔（ま）がさしたのか、

「兄は私にこれだけいい山いもを食べさせてくれるのだから、自分はどれだけいいところを食べているのだろうか」と考えて、兄をころし、腹（はら）を切って調べてみました。

すると、兄はおいしくないところばかりを食べて、自分においしいところだけを食べさせてくれていたことがわかりました。

それから弟はかなしんで、ほととぎすになり、千回鳴かないと一口も食べることができないようになったのだということです。

尻（しり）きれコーニャ

むかし、ある川にコーニャ〈川貝〉が住んでいた。

ある日コーニャが川下で遊んでいたら、山から兎（うさぎ）が来て、踊（おど）ったり跳（は）ねたりしているので、コーニャが、

「兎、兎、お前がそこでそんなに踊ったり跳ねたりしても俺（おれ）より速（はや）く走れないだろう」とからかった。するとと兎が本気になって、

「お前のような、水の中にだけ住んでいるやつが、俺と同じように走ることができるものか」といった。

そこでふたりは話しあって、八月の十五夜に競争（きょうそう）することにした。そのあいだコーニャは、川を上り上り自分の仲間（なかま）たちに、兎が「コーニャー」と呼（よ）んだら必ず「ふぇい」と返事をするようにといっておいた。

そして、十五夜の朝はやく兎がやってくると、コーニャは、「競争するにはするが、時々『コーニャー』と声をかけてくれよ」といった。兎は、「ああ、いいよ」といって、川下のほうからふたりで走りだした。

しばらく走ってから兎が、

「コーニャー」と呼ぶと先のほうで、

「ふぇい」と声がした。兎は、（ふしぎなこともあるものだ、コーニャが俺より先に、川の中を走れるはずがない）と思ったが、一生懸命走った。そして次の角に来たときに、

「コーニャー」と声をかけてみると、また先のほうで、

「ふぇい」と声がした。（いよいよこれはふしぎなことだなあ）と思いながらも、川上まで走って、じゃぶじゃぶ川の中にはいった。そして、

「コーニャー」と呼ぶと、また

「ふぇい」と声がしたので石を上げてみると、そこにたくさんのコーニャがくっ

ついていた。

兎は川下から川上まで一生懸命走らされたので、かんかんに怒(おこ)った。そして、川上から川下までの全部のコーニャの尻(しり)をくいちぎって投げすてた。

それきりコーニャは尻きれコーニャになったという話。

アマミノクロウサギとハブ

むかし、ある村の近くの山に、それはそれはすごい毒を持った恐ろしく大きなハブが住んでいました。ハブは村にやってきて、牛や豚、鶏などをとって食べていました。こまった村人たちは、なんとかハブを退治しようと相談しました。

その時、ウサギがこの話を聞いてきました。

「たいへんなことになったぞ、ハブさんに早くこのことを知らせてあげよう」

ウサギは、ハブをさがして山じゅうを走りまわり、やっとハブをみつけ、

「村人たちがハブさんを退治しようとしています。早くここから逃げてください」

「よし、わかった」

ハブは山おくの岩穴へと逃げました。

あくる日、村人たちはクワや鎌を持ってハブ退治に山へ入っていきました。

しかし、いくらさがしてもハブのすがたはみつかりません。こまった村人たちは、日がくれてきたので、山をおりていきました。ウサギはそれを見て、山おくの岩穴にいるハブに、もうだいじょうぶだと知らせにいきました。

ところが、ひとりの若い村人が、岩穴から出てきたウサギをみかけました。

「そうか、ウサギがハブに知らせたのか」

そこで若い村人は急いで村に帰り、山で見たことをみんなに知らせました。

村人たちはかんかんにおこり、村にもどってきたウサギをつかまえると、耳としっぽを短く切り、白かった体には、なべずみをぬって、村から追いだしてしまいました。

「いたいよう、いたいよう、こんな体にされて、もうどこにも行けない」

ハブがウサギの泣き声を聞いてやってきました。

「おい、ウサギ。どうしたんだ」

「ハブさんを逃がしたのが、ばれたんです」

「ぼくのために痛い思いをさせて悪かったな、知らせてくれてありがとう。よかったら、いっしょに山奥の岩穴でくらさないか」

こうして、ふたりはいっしょに住むことになりました。今でもウサギとハブは岩穴の中でなかよくくらしているそうです。

アマミノクロウサギはこのときから耳や尻尾が短く、色が黒くなったということです。

やまたろがにの毛

昔むかし、そのむかし、猿どんとかにどんが遊んでいました。

猿どんがかにどんに、

「かにどん、かにどん、もう正月がやって来っで、おまえとふたりで餅をつっが」

といいました。すると、かにどんも、

「うん、つっが」といったので、猿どんは、

「かにどん、かにどん、おまえさん、あのちんたらちんたら水が落つっところのある山へ行って、杵を作る木を伐ってきやい」といいました。

そこで、かにどんが、ちんたらちんたら水の落つっとこいのある山へ行ってみると、そこに、よんごだひんごだ木が立っていました。かにどんは、そのよんごだひんごだ木を鋏でゴッシンゴッシン伐って、やっとのことで引っぱって

もどってきました。

　すると、そのよんごだひんごだ木を猿どんが見て、

「かにどん、かにどん、こげなよんごだひんごだ木では杵を作れるはずがなかど。もう一度行って、まっすぐな木を伐ってきやい」といいました。

　かにどんはしかたなく、また水がちんたらちんたら落つっところのある山に行ってみました。そして、やっとのこと、まっすぐな木を見つけて、また鋏でゴッシンゴッシンと伐りたおして、引っ張ってもどってきました。

　ところが、猿どんはさいしょに伐ってきたよんごだひんごだ木で杵を作って、ひとりで餅をついていました。そして、その餅を袋に入れて、そばの柿の木に登り、餅をうんまうんま食べていました。それを見たかにどんは下から、

「猿どん、猿どん、おまえさんはおいが伐ってきた木で餅をついたんだから、おいにもその餅をやいやらんか」といいました。すると猿どんは、

「いーやなこっじゃ。この餅はおいがひとりでついたとぢゃらお。だれがおま

えにやっか」といって、かにどんに餅を見せびらかしました。そして、「うーんまか、うーんまか」と、柿の木の枝をユッサユッサと揺さぐったもんじゃっで、枝がバリバリーッと折れて、猿どんは餅といっしょにドシーンと地面に落ちてしまいました。

猿どんが腰を打って立ちあがることもできず、「あいた、あいた」といっているすきに、かにどんはすぐに餅の入った袋を取って、石垣の穴の中に持って入っていきました。猿どんはびっくりして、ごそごそ這いながらやっと石垣のところまで来て、

「かにどん、かにどん、もうけんかはせんが。おまえさんと仲間になるから、餅を持って出てきやらんか」といいました。すると、穴の中からかにどんが、

「いーやなこっじゃ。この餅はおいのもんじゃらい。だれがおまえにやっか」といいました。猿どんは腹を立てて、

「なんだと、このくそがに。おまえが餅をやらんなら、おまえの穴の戸口にお

いがくそをひるぞ」といって、石垣の穴の戸口にまたがりました。すると、かにどんが中から、猿の尻(しり)を両方のはさみでじぃっとはさんで、

「こらばか猿、おまえがくそをひるなら、この尻をはさんきってくれるぞ」といって、本当にはさみきろうとしました。猿どんは痛(いた)くて、

「あいたたたた、おいが悪かった、ゆるしてくれ。おいの毛をおまえさんにやっから、もうはなしてくいやい」といいました。あんまり痛かったもんじゃっで、猿どんの顔も尻も、真っ赤になったんだって。

それから、山太郎蟹(やまたろうがに)のはさみを見てごらん。そのときに猿どんからもらった毛が、今でもやっぱり生えちょらお。

おはなしの原話と再話者（グループ）

かっぱじゃけえ　　再話　山口昔ばなし大学再話コース

いっちょうぎり／原話「いっちょうぎり」綿屋スエコ（山口県萩市）語り／再話　森岡きよみ

竜王ばあさま／原話『みすみ昔ばなし 第一集』所収「竜王ばあさま」三隅町文化財専門編・三角町教育委員会発行　三隅町教育委員会　一九九一年／再話　甲斐景子・楠本久美・久野靖子・百田公子・安元三喜子

大つごもり長者／原話『ふるさと叢書Ⅲ　周防長門の昔話』所収「大つごもり長者」松岡利夫編著・山口県教育委員会発行　一九七六年／再話　淺間明美・池畑ちさと・伊勢田妙子・鈴川賀世子・服部多恵子・諸冨政江

さるの宝物／原話『周防大島昔話集』所収「猿の宝物」宮本常一著　河出書房新社　二〇一二年再話　大石香・大久保尚子・岡崎美知子・末舛訓子・仁田野茉莉・宮田佳子・森岡きよみ・山本むつ子

櫛ヶ浜の雨乞い／原話『とくやま昔話』所収「櫛ヶ浜の雨乞い」向谷喜久江著　マツノ書店

一九八四年／再話　植田孝子・兼清一枝・髙山紀子・林由紀子・前田冨士子・村岡一葉（語りの会ひかり）

鬼の面／原話『語りつぎたい山口昔話』所収「金銀財宝置いて逃げた山賊」和田健編著　山口県ふるさとづくり県民会議発行　一九九七年／再話　梶山玲子・大崎祥子・末廣理恵子・武重和美・杉野美由紀・篠原明子

沖田のつる／原話『ふるさとのつたえ話―宇部の昔がたり―』所収「沖田のつる」松本繁編・発行　一九七八年／再話　梶山玲子・大崎祥子・末廣理恵子・武重和美・杉野美由紀・篠原明子

鏡処／原話『ふるさと叢書Ⅲ　周防長門の昔話』所収「みやこ鏡」松岡利夫編著・山口県教育会発行　一九七六年／再話　安藤百合子・原田ちえの・藤井順子・三浦夕起子・山浦恭子

果報者と阿呆者／原話『防長の昔話』所収「果報者と阿呆者」松岡利夫編集・山口銀行厚生会発行　一九六九年／再話　安藤百合子・原田ちえの・藤井順子・三浦夕起子・山浦恭子

赤郷の長兵衛どん／原話『防長の昔話』所収「赤郷の長兵衛どん」松岡利夫編集・山口銀行厚生会発行　一九六九年／再話　大石香・大久保尚子・岡崎美知子・末舛訓子・仁田野茉莉・宮田佳子・森岡きよみ・山本むつ子

きつねの恩返し／原話『とくやま昔話』所収「キツネの恩がえし」向谷喜久江著　マツノ書店　一九八四年／再話　植田孝子・兼清一枝・髙山紀子・林由紀子・前田冨士子・村岡一葉（語りの会ひかり）

古原田池のかっぱ／原話『ふるさと今昔―ひとつのいのち―』所収「横尾山のカッパ」磯村千代子著　株式会社きじろくセンターブックプロデュース　一九八九年／再話　出雲美香・礒田智沙恵・栗山多恵子・芝田和代・永谷祐子・藤岡睦子（かっぱじゃけえ）

かっぱとひょうたん／原話『周防徳山民俗誌―徳山図書館叢書第9』所収「河童婿入り」松岡利夫著　徳山図書館発行　一九六二年／再話　出雲美香・礒田智沙恵・栗山多恵子・芝田和代・永谷祐子・藤岡睦子（かっぱじゃけえ）

猿と地蔵とおばあさん／原話『伊予のとんと昔』所収「猿地蔵」和田良誉著　講談社発行　一九七六年／再話　淺間明美・池畑ちさと・伊勢田妙子・鈴川賀世子・服部多恵子・諸富政江

強力じゃべどん／原話『朝倉町史』所収「強力じゃべどん」朝倉町史刊行委員会　朝倉町教育委員会発行　昭和六一年／再話　古賀由香利・西幸子・森山見和・松隈美代子（おはなし　ここん）

やまんばのおつくね／原話『広報なかがわ No232-236』所収「山姥のおつくね」那賀川町発行　一九九一年／再話　古賀由香利・松隈美代子・西幸子・森山見和（おはなし　ここん）

猫塚／原話『郷土のものがたり』所収「猫塚」福岡県総務部広報課編　福岡県総務部県政情報課発行　一九八八年／再話　甲斐景子・楠本久美・久野靖子・百田公子・安元三喜子

きょうんはなしゃ、こいばっかり

再話　第Ⅱ期福岡昔ばなし大学再話コース

こうのとりの池／原話『全国昔話資料集成11　福岡昔話集』所収「鸛の江」福岡県教育会編　岩崎美術社　一九七五年／再話　安部しずか・鹿毛佳子・勝本三佐子・佐藤みゆき・高瀬良重・藤田美智代・前田房恵・丸田佳奈子・八尋理恵（三班）

金うみ猫／原話『日本の民話　九州（1）』所収「金うみ猫」金沢敦子・中島忠雄・山中耕作 文　ぎょうせい発行　昭和五四年／再話者　市川武子・岡本順子・喜多村照代・高橋光恵・中羽留美・長谷川富恵・藤本あすか・藤原千晶・山本知子・由衛久子・吉原りえ（四班）

酒屋の娘婿になったもくず／原話『郷土のものがたり　第二集』所収「酒屋のむすめむこになった〝もくず〟」福岡県総務部広報室編　福岡県発行　昭和五一年／再話　小笠原玉緒・河野光・久保いづみ・小森厚子　坂尻美香・須田輝彦・竹内和子・田中正美　中村知見・三苫美智子（六班）

ぶすかたの話／原話『全國昔話資料集成11　福岡昔話集』所収「ぶすかたの話」福岡県教育委員会編　岩崎美術社　一九七五年／再話　岡村淳子・井上寿美子・今村真代・梅野智美・江藤美絵子・久保田瑞代・近藤久美子・東川恵美子・水田瑞恵・横尾和子（八班）

化け物と豪傑／原話『全國昔話資料集成11　福岡昔話集』所収「化物屋敷の話」福岡県教育委員会編　岩崎美術社　一九七五年／再話　江藤洋子・大石千恵子・尾場瀬淳美・川部重子・七種愛・田中貞子・玉野良子・土屋富子・二田水ゆかり・宮本海子（一班）

う五郎さんのにぎりめし／原話『日本の民話　九州（1）』所収「う五郎さんの握り飯」金沢敦子・中島忠雄・山中耕作 文　ぎょうせい発行　昭和五四年／再話　上野實知子・江藤三都子・川上紀子・権藤節子・末宗嘉子・中尾朱美・西村よう子・西山芳枝・古江浄子　古川知美・本村尚子（七班）

又ぜえさんと閻魔さま／原話『北九州の民話　第二集』所収「閻魔さまと鯰」大隅岩雄 文　小倉郷土会発行　一九八四年／再話　岡村淳子・井上寿美子・今村真代・梅野智美・江藤美絵子・久保田瑞代・近藤久美子・東川恵美子・水田瑞恵・横尾和子（八班）

閻魔と交替／原話『日本の民話　九州（1）』所収「えん魔と交替」金沢敦子・中島忠雄・山中耕作 文　ぎょうせい発行　昭和五四年／再話　上原緑・上村篤子・尾崎縁・尾崎佐知子・片岡貞子・古賀恵子・堂地正子・波多江美和・松村幸子・光嶋陽子（五班）

投げまんじゅう／原話『筑豊弁で語る筑豊の民話』所収「投げ饅頭」古部暢勇著　自分史図書館発行　二〇〇一年／再話　市川武子・岡本順子・喜多村照代・高橋光恵・中羽留美・長谷川富恵・藤本あすか・藤原千晶・山本知子・由衛久子・吉原りえ（四班）

くもの化け物／原話『日本の民話　九州（1）』所収「くものお化け」金沢敦子・中島忠雄・山

中耕作文　ぎょうせい発行　昭和五四年／再話　今村まさよ・木村亜紀・田口鳴海・那須千夏子・西崎住子・松下ひろ子（九班）

猿のむこ入り／原話『福岡民話集』所収「猿の聟入り」檜垣元吉編　叡智社発行　一九七一年／再話　河井律子・永吉由美子・伊藤直美・古賀由香利・野口三穂子・三角綾・三角麻里子・柳田朋絵・中村文・廣田由香（十班）

さるとかにのもちあらそい／原話『全国昔話資料集成11　福岡昔話集』所収「猿と蟹との話」福岡県教育委員会編　岩崎美術社　一九七五年／再話　江藤洋子・大石千恵子・尾場瀬敦美・川辺茂子・三枝愛・田中貞子・玉野良子・土屋富子・ニ田水ゆかり・宮本海子（一班）

宵のしゃら／原話『全国昔話資料集成17　大分昔話集』所収「三つの謎」永松リキ　向野正隆筆記　岩崎美術社発行　一九七五年／再話　今村まさよ・木村亜紀・田口鳴海・那須千夏子・西崎住子・松下ひろ子（九班）

大宰府まいり／原話『日本民話　唐津かんねの昔』所収「大宰府まいり」富岡行昌著　講談社発行　昭和五一年／再話　安部しずか・鹿毛佳子・勝本三佐子・佐藤みゆき・高瀬良重・藤田美智代・前田房恵・丸田佳奈子・八尋理恵（三班）

産神とかっぱ／原話『基山の民話（2）』所収「産神と河童」小副川肇・佐賀民話の会編・発行　昭和六一年／再話　上野實知子・江藤三都子・川上紀子・権藤節子・末宗嘉子・中尾朱美・西村

よう子・西山芳枝・古江浄子・古川知美・本村尚子（七班）

十五毛猫／原話『日本民話　唐津かんねの昔』所収「十五毛猫」富岡行昌著　講談社発行　昭和五一年／再話　小笠原玉緒・河野光・久保いづみ・小森厚子　坂尻美香・須田輝彦・竹内和子・田中正美　中村知見・三苫美智子（六班）

麒麟にさらわれた子ども／原話『全国昔話資料集成21　島原半島昔話集』所収「麒麟にさらわれた子供」関敬吾 文　岩崎美術社発行　一九七七年／再話　上原緑・上村篤子・尾崎縁・尾崎佐知子・片岡貞子・古賀恵子・堂地正子・波多江美和・松村幸子・光嶋陽子（五班）

まごじゃどんあみ／原話『竹井武助・山下久市の遺稿集　南の風』所収「まごじゃどんあみ」山下義満編　一九八七年／再話　浦上洋子・小野小夜子・坂田弘子・迫本繭子・高野眞理子・谷口久子・林田恵子・平川千里・安武京子・山城順子（二班）

傘張りの天のぼり／原話『肥後の笑話』所収「傘張り万平」木村祐章編　おうふう発行　一九七六年／再話　浦上洋子・小野小夜子・坂田弘子・迫本繭子・高野眞理子・谷口久子・林田恵子・平川千里・安武京子・山城順子（二班）

かっぱつり／原話『日本昔話集成　第三部の2　笑話』所収「河童釣」関敬吾著　角川書店　一九八五年／再話　河井律子・永吉由美子・伊藤直美・古賀由香利・中村文・野口三穂子・三角綾・三角麻里子・柳田朋絵・廣田由香（十班）

ともうすかっちり　再話 第二期宮崎昔ばなし大学再話コース

ひょうすんぼとの約束／原話「約束を守ったひょうすんぼ」宮崎県延岡市北川町の昔話「萌ぎの会」による聞き書き／再話　芥美奈子・中野道子・戸敷恵美・工藤輝子・長友俊子・陣内教子、野田一穂（鎮守の森）

きつね退治／原話『ふるさとの民話・えびの版』所収「きつね退治」吉満昭夫語り「ふるさとの民話・えびの版」編集委員会発行　一九九二年／再話　荒川直美・鵜飼優子・大坪貴子・木原由起子・鈴木美佐・竹内和子・新田なつ子・前野麻美子・益田由実（すずね）

蜂と鈴／原話『ふるさと運動　五ヶ瀬の民話』所収「蜂と鈴」五ヶ瀬町教育委員会編　昭和五七年／再話　荒川直美・鵜飼優子・大坪貴子・木原由起子・鈴木美佐・竹内和子・新田なつ子・前野麻美子・益田由実（すずね）

湖水ヶ池／原話『新富町史　通史編』所収「湖水ヶ池」新富町編集発行　平成四年／再話　宇野鮎子・松田三保子・黒木厚子・荻原桂子・長友君子・落合洋子・中武京子（鶴の会）

庄屋どんと御池の龍／原話『庄屋どんと御池の龍―霧島山麓のむかしばなし―』所収「庄屋どんと御池の龍」鳥集忠男文　鉱脈社　一九九六年／再話　小原央子・小牧千恵美・中村理恵・中元智恵・長濱みゆき・濱田正子・平島和子・本田恭子（茶のんびよい）

大源谷の古狸／原話『木城ふる里ばなし』所収「大源谷の古狸」森光猛編・発行　一九九一年／

再話　宇野鮎子・松田三保子・黒木厚子・荻原桂子・長友君子・落合洋子・中武京子（鶴の会）

猿かに合戦／原話『日向の民話 第一集』所収「猿カニ合戦」比江島重孝著　未来社　一九五八年／再話　池辺宜子・金丸夏奈・後藤恵理子・佐藤裕美子・竹之前路易子・那須道子・林田眞喜子・宮内美紀子・柚木崎昌子（桜さくら）

すねこ太郎／原話『塩吹き臼 宮崎の昔話』所収「すねこ太郎」臼田甚五郎監修・比江島重孝編　桜楓社　一九七三年／再話　井上恵・川野香・清家智子・長理恵・野添和洋・服部紗香

わらいのお茶／原話『宮崎のむかし話　第3集』所収「わらいのお茶」比江島重孝著　鉱脈社　二〇〇〇年／再話　池辺宜子・金丸夏奈・後藤恵理子・佐藤裕美子・竹之前路易子・那須道子・林田眞喜子・宮内美紀子・柚木崎昌子（桜さくら）

垂釋様／原話『伝承　天の岩戸』所収「垂釋様（その二）」高千穂町岩戸老人クラブ連合会発行　平成元年／再話　芥美奈子・中野道子・戸敷恵美・工藤輝子・長友俊子・陳内教子、野田一穂（鎮守の森）

天の岩戸開き／原話『みやざきの言の葉―神話・伝承、民話編―』所収「天の岩戸開き」宮崎県立図書館　二〇一二年／再話　井上恵・川野香・清家智子・長理恵・野添和洋・服部紗香

茶のみ／原話『日当山侏儒どん物語』所収「村一番の茶飲み婆」鹿児島県人新聞社編・発行　昭

和五五年／再話　小原央子・小牧千恵美・中村理恵・中元智恵・長濵みゆき・濵田正子・平島和子・本田恭子（茶のんびよい）

ほひこんげぇな

再話　鹿児島昔ばなし大学再話コース

天福地福／原話『昔話研究資料叢書　甑島の昔話』所収「天福地福」荒木博之編著　吉田栄司発行　三井書店　一九七〇年／再話　松山惠子・有馬尚美・田中久美・田中律子・吉田美佐子・米満久子（よんごだひんごだ）

縁付きたばこの由来／原話『南方昔話叢書3　徳之島の昔話』所収「縁付煙草由来」福田晃・岩瀬博・松山光秀・徳富重成編　同朋舎出版発行　一九八四年／再話　藤井真奈美・稲いつ子・上田洋代・浜田スミ子・碇本昌子（天城むんばなしの会）

修どんと蛇／原話『中郷史』所収「修どんと蛇」鮫島政章編著　昭和二四年／再話　田中久美・有馬尚美・松山恵子・吉田美佐子・米満久子・田中律子（よんごだひんごだ）

うらじろと鬼／原話『奄美の民謡と民話』所収「うらじろと鬼」荒垣顕治・沖縄奄美連合会編　南日本商業新聞社発行　一九七六年／再話　上田洋代・藤井真奈美・浜田スミ子・稲いつ子・碇本昌子（天城むんばなしの会）

ほととぎす兄弟／原話『川内地方を中心とせる郷土史と伝説・西薩摩の民謡』所収「ほととぎす兄弟」鹿児島県立川内中学校編　歴史図書社発行　一九七九年／再話　米満久子・田中律子・田中久美・有馬尚美・松山恵子・吉田美佐子（よんごだひんごだ）

尻きれコーニャ／原話『徳之島の昔話』所収「コーニャの尻きら」田畑英勝編発行　昭和四七年／再話　稲いつ子・上田洋代・藤井真奈美・浜田スミ子・碇本晶子（天城むんばなしの会）

アマミノクロウサギとハブ／原話『紙芝居　アマミノクロウサギとハブのおはなし』牧園里美脚本　二〇〇二年／再話　浜田スミ子・藤井真奈美・上田洋代・稲いつ子・碇本昌子（天城むんばなしの会）

やまたろがにの毛／原話『入来の民話』所収「やまたろがにの毛」入来の民話編集委員会編　入来町教育委員会発行　昭和六一年／再話　田中久美・有馬尚美・田中律子・松山恵子・吉田美佐子・米満久子（よんごだひんごだ）

シリーズ「子どもに贈る昔ばなし」刊行の言葉

小澤俊夫

昔話は口で語られ、耳で聞かれて伝承されてきました。それゆえ、単純で明快な語り口を獲得してきました。今、子どもたちへの読み聞かせ、語り聞かせが盛んに行われているとき、昔話本来の、単純で明快な語り口を守った昔話集が必要だと思います。

昔話は、主としていなかのお年寄りによって語り継がれてきたので、それをもっと文芸的に立派なものに創り直さなければならないという考えがありましたが、昔話の語り口の研究が進んでみると、お年寄りの語りは、実は、耳で聞かせるために研ぎ澄まされたものであることがわかってきました。

私は一九九二年から、昔話の語り口について講義する「昔ばなし大学」なるものを全国各地で開講しています。三年間基礎を学んだ後、二年間の再話コースがあり、さらに上級の再話研究会があります。そこで学んだ人たちは、昔話本来の語り口を守った再話の方法を習得してきました。このシリーズは、そこで学習し、再話の力を身につけた人たちが子どもに贈る昔ばなし再話集です。もちろん全話、私の厳重な監修のもとに生まれたものです。

全国各地で、かなり共通語化されながらも土地言葉で暮らしている人たちによる再話ですから、つくりものの方言ではなく、ほんとの日常語、がふんだんに使われています。子どもたちが、いろいろな土地言葉を聞いて、日本語はひとつでないということを知ってくれたら、これも再話者として嬉しいことです。

昔話を原話として使うことを承諾してくださった、もともとの調査者、研究者の方々のおかげでこの再話集ができました。後世に遺すべき日本人の共有財産として、大変な努力と苦労を重ねて蒐集された貴重な資料です。それを現在の子どもたちの耳に届けられるようにしたい、という私たちの気持ちを理解してくださったことに感謝いたします。

子どもに贈る昔ばなし19　わらいのお茶

2023年3月31日発行

再　話　山口昔ばなし大学再話コース
第2期福岡昔ばなし大学再話コース
第2期宮崎昔ばなし大学再話コース
かごしま昔ばなし大学再話コース

監　修　小澤俊夫

発　行　有限会社　小澤昔ばなし研究所
〒214-0014 神奈川県川崎市多摩区登戸3460-1　パークホームズ704
TEL　044-931-2050　E-mail　mukaken@ozawa-folktale.com

発行者　小澤俊夫

編　集　長崎桃子

印　刷　吉原印刷株式会社

製　本　株式会社渋谷文泉閣

ISBN978-4-910979-01-4　Printed in Japan

The Tea of Youth （Folktales for Children 19）
retold by the Folktale Academy
YAMAGUCHI/FUKUOKAⅡ/MIYAZAKIⅡ/KAGOSHIMA retelling course
edited by Toshio Ozawa
published by Ozawa Folktale Institute, Japan